Felix Dahn
Die Halfred Sigsk[
Eine nordische Erzählung aus (

C000099724

SEVERUS Verlag

Dahn, Felix: Die Halfred Sigskaldsaga. Eine nordische Erzählung aus dem 10. Jahrhundert.
2020
Neuauflage der Ausgabe von 1878
ISBN: 978-3-96345-216-1

Korrektorat: Lilly Pia Seidel
Satz: Lilly Pia Seidel

Umschlaggestaltung: Annelie Lamers, SEVERUS Verlag
Umschlagmotiv: www.pixabay.com

Bibliografische Information der Deutschen Nationalbibliothek: Die Deutsche Nationalbibliothek verzeichnet diese Publikation in der Deutschen Nationalbibliografie; detaillierte bibliografische Daten sind im Internet über https://dnb.de abrufbar.

Der SEVERUS Verlag ist ein Imprint der Bedey & Thoms Media GmbH,
Hermannstal 119k, 22119 Hamburg

SEVERUS Verlag, 2020
http://www.severus-verlag.de
Gedruckt in Deutschland

Felix Dahn

Die Halfred Sigskaldsaga
Eine nordische Erzählung aus
dem 10. Jahrhundert.

SEVERUS

Inhalt

Seiner Majestät

dem

König Ludwig II.

von Bayern

allerehrfurchtvollst

zugeeignet.

I

Es wuchs da vor bald 50 Wintern im Nordland ein Knabe, der hieß
Halfred. Auf Island, an dem Hamund-Fjord, stand seines Vaters
Hamund reiche Halle.

Damals gingen noch, wie die Heidenleute glauben, Elben und
Zwerge häufig unter das Nordlandsvolk. Und viele sagten, eine Elbin,
die dem starken Hamund hold gewesen, trat an des Knaben Halfred
Schildwiege, strich ihm wilden Honig als erste Speise auf die Lippen
und sprach:

> »Harfe sollst du sieghaft schlagen,
> Lieder sollst du sieghaft singen,
> Sigskald sollst du sein und heißen.«

Aber das ist wohl Wahnrede der Heidenleute.

Und Halfred wuchs heran und ward stark und schön. Er saß viel
einsam auf den Klippen und horchte, wie der Wind in den Felsenspal-
ten harfte. Und wollte seine Harfe danach stimmen. Und ward voll
Grimmzorns, weil er es nicht konnte.

Und wenn der Grimmzorn über seine Stirne zog, schwoll ihm die
Ader an der Schläfe und ward es rote Nacht vor seinen Augen. Und
sein Arm tat dann weilings, wovon sein Kopf nicht wusste.

Als sein Vater gestorben war, nahm Halfred den Hochsitz in der
Halle ein.

Aber er achtete nicht, das Erbe zu hegen und zu mehren: er pflag
Harfen- und Waffenwerks. Er ersann eine neue Liedweise, »Halfreds
Gang«, die allen sehr gefiel, die sie vernahmen und darin ihm niemand nachdichten konnte. Und im Axtwerfen kam ihm keiner von
den Islandmännern gleich: sein Hammer schlug durch drei Schilde
und er fehlte auf zwei Schiffslängen nicht mit des Hammers Beilseite
eines fingerbreiten Rohrpfeils.

Sein Sinn stand nun darauf, einen Drachen zu bauen, stark und reich, eines Wikings würdig: darauf wollte er ausfahren, zu heeren und zu schatzen Eiland und Festland, oder auch Harfe zu schlagen in den Hallen der Könige.

Und er sann in sorglichen Nächten, wie er das Schiff beschaffen sollte und fand nicht Rat.

Aber das Bild des Schiffes stand vor seinen Augen, wie es werden sollte, mit Steuer und mit Steven, mit Bord und mit Bug: und sollte es statt eines Drachen einen Silberschwan am Steven führen.

Und als er eines Morgens aus der Halle trat und nach dem Fjord ausschaute gen Norden, da ging vor Süd-Südost ein gewaltig Meerschiff mit geschwellten Segeln in die Hamundsbucht, dass Halfred und seine Hausleute in die Waffen fuhren und hinaus eilten, die Seemänner abzuwehren oder zu bewillkommnen. Immer näher trieb das Schiff: aber nicht Helm, nicht Speer blitzte an Bord, und da man es anrief mit dem Heerhorn, blieb alles still. Da sprang Halfred mit seinen Gefolgen in die Boote und ruderten an das große Schiff und sahen, dass es ganz leer war und stiegen an Bord. Und war dies das schönste Drachenschiff, das je Segel gebauscht auf der Salzflut; aber statt eines Drachen führte es einen Silberschwan am Steven.

Und auch sonst, sagte mir Halfred, glich das Schiff in allem dem Bilde, das er in Nacht- und Tagestraum gesehen: 40 Ruder in Eisenpflöcken, das Deck mit Schilden überzeltet, die Segel purpur gestreift, der Bug mit Brandungsrunen geritzt, die Taue von Seehundsfell; die hochgewölbten, versilberten Schwingen des Schwanes aber waren kunstvoll geschnitzt, und der Wind fing sich darin mit singendem Rauschen.

Und Halfred schwang sich auf den Hochsitz am Steuerbord: auf dem lag ein purpurner Königsmantel gespreitet und eine silberne Harfe mit Schwanenhaupt lehnte daran.

Und Halfred sprach:

>>Singschwan sollst du heißen, mein Schiff:
Singend und sieghaft sollst du segeln<<,

und viele sagten, die Elbin, die ihm den Namen gegeben, habe ihm den Singschwan gesendet.

Aber das ist Wahnrede der Heidenleute.

Denn oft schon wurden seicht geankerte Schiffe vom Sturm davon getragen, während die Seemänner am Lande zechten.

II

Und alsbald ward es kundbar, Halfred rüstete seine besten Hausleute und seine Gefolgen mit guten Waffen, auszufahren als Wiking auf Sieg und als Skalde auf Sang.

Und auf ganz Island und den Inseln rings umher ward groß Gerede von dem Singschwan, den der Wunsch selbst – das ist der Heidenleute Gott – dem Halfred Hamundsohn gesendet, und sie sagten: »Er ist des Wunsches Sohn: nichts wird ihm missraten in Manneshass und Weibesliebe, in Schwertschlag und in Harfenschlag und reiche Beute und reichen Skaldenlohn wird er gewinnen, und seine milde Hand kann nehmen und spenden, aber nichts behalten.« – Und kamen da viele zu ihm gezogen, die seine Segelbrüder werden wollten, bis aus den fernsten Eilanden der Westersee, dass er hätte sieben Schiffe füllen können. Er füllte aber nur den Singschwan mit 300 Mannen, die er selbst erlesen, und fuhr mit ihnen in See.

Und wäre nun viel davon zu erzählen, welch' große Siege Halfred mit Hammer und Harfe viele Jahre lang erstritten auf allen Meeren von Mikilgard, das die Lateiner Byzantium nennen, bis nach der Insel Hibernia im fernen Westen.

Und habe ich alle diese Taten und Siege, Fahrten und Gesänge und Wettkämpfe in Waffen und Harfenspiel schon als Kind am Herdfeuer des Klosters von den Skalden singen hören und von fahrenden Gästen erzählen, lange ehe ich in Halfreds meergraues Auge sah.

Denn während der langen Zeit, da er verschollen war und der Singschwan aufgeflogen war in Lohe und alle Leute Halfred für tot hielten, dichteten die Skalden viele Lieder von ihm. Aber das war später.

Damals zog also Halfred überall umher, siegend und singend in Meerkampf und Hallenkampf. Und weil er alle Skalden im Wettgesang besiegte, nannten ihn die Leute Sigskald, und daher, nach rück-

8

wärts prophezeiend, erfanden wohl die Heidenleute die Fabel von der Elbin, die ihm Honig und Namen gab in der Wiege.

Und große Beute und viele Hunderte von Ringen roten Goldes erwarb er und vergabte sie wieder an seine Segelbrüder.

Und häufte doch noch reichen Hort auf dem Singschwan und brachte auch viel reiches Gut nach Hamunds-Halle, wo er weilings überwinterte.

Und er wölbte die Halle viel herrlicher und baute gegenüber einen weiten Metsaal, wo tausend Männer trinken konnten, und hatte der Hochsitz in der Methalle sechs Stufen.

Aber das reichste Stück aus all seiner Beute war ein Leuchter, – »Lampas« nennen ihn die Griechenleute, – halb mannshoch, goldgediegen, mit sieben flammenden Armen: den hatte er fern in Grekaland aus einer brennenden Marmorburg davongetragen.

Und dies Kleinod hielt Halfred selber hoch, der sonst des Goldes nicht achtete: und zum Julfest und zur Sommersonnenwende und zu allen hohen Festen musste er dicht vor ihm auf dem Tische stehen und siebenfach flammen.

Aber das, was alle Leute am meisten wunderte, war, dass alle Leute Halfred hold werden mussten, die ihn sahen und singen hörten; oft geschah es, dass auch Skalden, die er im Wettkampf besiegt hatte, selbst große Liebe zu ihm fassten und seine Weisen mehr lobten als die eignen.

Das ist nun aber wohl das Allerunglaublichste, was von Skalden gesagt werden mag. Dagegen ist es ein kleines, dass ein Freier, den er in eines Weibes Gunst überwand, sein Freund und Blutsbruder wurde. Aber das war später. –

Und weil das nun allen ganz übermenschlich schien, ersannen sie, wie die Heidenleute sind, jene Märlein, dass er des Wunsches Sohn gewesen, dass ihm daher nicht Manneszorn, nicht Mädchentrotz habe widerstehen mögen, dass ein Gott seiner Stirne vorangeflogen sei, der alle Blicke geblendet habe und solcher Fabeln viele.

Zumal sein Lächeln aber, sagen sie, soll alle Herzen bezwungen haben wie Hochsommersonne mürbes Eis.

Und auch davon erzählen sie eine Geschichte.

Er fand nämlich einmal in tiefem Winter am Fuß des Snaeja-Fjoell ein verirrtes Mägdlein von fünf Jahren, das war am Erfrieren und

9

wusste nicht den Weg nach seiner Mutter Hütte. Und obwohl Halfred sehr wegmüde war und viele Gefolgen bei sich hatte, schickte er doch die Gefolgen allein nach der Halle, nahm das Kind selbst auf die Schulter und wanderte noch viele Rasten, stets den kleinen Fußtapfen des Mägdleins folgend, das tief eingeschlafen war, bis er die Hütte der Mutter fand. Und er legte der Mutter das Mädchen in die Arme: und da erwachte es und lächelte: und die Mutter wünschte ihm als Dank, er solle fortan lächeln wie das Kind, da es die Mutter wiedersah. Und das habe ihm der Wunsch erfüllt.

Aber das ist eine Wahnrede der Heidenleute, da es keinen Wunschgott gibt und keine Heiden-Götter und vielleicht auch kein [...][1]

Ich sage: das Kind mag er selbst mit Mühe der Mutter zugebracht haben: mancher Wiking hätte es aus Erbarmen nur tiefer in den Schnee gedrückt, die besten hätten es einem Gefolgen zum Mittragen in die Halle gegeben; aber der Mutter selbst durch den Schnee zurückgetragen, das hätte kein Wiking getan, den ich kenne, wenn er nämlich müde war und hungrig.

Ich sage also: in Halfred war eine große Gütigkeit des Herzens, wie sie sonst nur unschuldige Kinder haben. Und deshalb war sein Lächeln herzgewinnend wie der Kinder Lächeln ist. Und daraus haben dann die Heiden jene Gabe des Wunsches gedichtet.

Denn dass er das Kind der Mutter gebracht, das glaube ich freilich selbst ganz und gar von Halfred. Und wäre ich der Letzte, das nicht von ihm zu glauben.

Aber auch sehr zornmütig konnte er plötzlich werden, wenn ihm die Ader an den Schläfen schwoll: dann sprang er oft, wenn der Feind durch Gegentrotz ihn reizte, blind wütend in die Speere wie ein Berserker.

Auch darüber erzählen sie viele Geschichten von Göttergaben, dass ihn die Mädchen lieb hatten. Aber das ist nicht übermenschlich, wie nahezu jenes ist, dass ihn besiegte Sänger liebten.

Denn er war von leuchtendem, mächtigem Antlitz, das keiner vergaß, der es geschaut, und von herzgewinnender, weicher und doch

---

1   (Hier ist das Pergament durchlöchert und mit anderer Tinte sind drei Kreuze über die ausgebrannte Stelle gezeichnet.)

starker Stimme. Er mied rohen Scherz und es fiel ihm stets von jedem schönen Mädchen ein, warum sie so schön sei: und er wusste ihr das wie ein Rätsel zu sagen, daran sie selber lange geraten.

Aber auch andere Rätsel wusste er gut zu raten.

III

Und war er nun schon viele Jahre als Wiking und als Skalde umher-
gefahren und hatte Ruhm und rotes Gold gewonnen und feierte das
Julfest wieder einmal daheim in der Halle.

Und waren da sehr viele Hundert Männer in der Methalle versam-
melt, die er gezimmert hatte: alle seine Segelbrüder und sehr viele
Inselmänner und auch viele fremde Gäste aus Austrvegr und bis aus
Hlymreck und Dyflin aus den Westerwogen, darunter auch der Skalde
Vandrad aus Tiundaland.

Und der Bragibecher kreiste und viele Männer legten Gelübde
darauf ab und mancher vermaß sich kühner Werke, die er vollführen
wollte binnen Sonnenwende oder er sei tot. Halfred aber hatte auch
wie die Gäste des Metes sehr viel getrunken und mehr als selbst ihm
gewöhnlich war, wie er mir selber später ernsthaft gesagt hat.

Und das deuteten ihm die Heidenleute auch als eine Wundergabe
seines Vaters, des Wunsches, dass er viel, viel mehr trinken konnte als
andere Männer, ja – sie priesen ihn darum sehr glücklich – so viele
Vollhörner als er wollte, ohne dass der Reiher der Vergessenheit strei-
fend über seine Stirn rauschte.

Aber das ist töricht geredet: denn auch ich kann den Reiher scheuchen, wenn ich bei jedem Trunk mir still was denke und nicht viele
Trinksprüche rede; denn solche locken den Reiher heran.

Halfred nun hatte zwar viele Hörner geleert, aber er hatte noch kein
Gelübde gelobt: schweigend und würdevoll saß er auf dem Hochsitz,
wie dem Hauswirte geziemt, mahnte die des Trinkens Säumigen, – es
waren aber ihrer nicht viele – indem er ihnen das Trinkhorn durch
den Mundschenk sandte und lächelte leise, wenn mancher Gelübde
gelobte, die er nicht leisten würde.

Da stand der Skalde aus Tiundaland, Vandrad, von seiner Bank
auf, trat auf des Hochsitzes zweite Stufe und sprach: – Halfred hatte

ihn fünfmal besiegt und doch war ihm der Skalde ein treuer Freund
und hold: –

>>Gelübde gelobt hat hier gar mancher
Geringe Gast:
Aber Halfred, der Herr der Halle,
Hielt sich verhohlen bisher:
Ich lobe den Hehren:
Nicht hat er's noch nötig:
Sein Name genügt ihm, –
Doch miss' ich im Metsaal,
Dem Mächtigen, eines:
Es mangelt dem Manne
Die Maid, das Gemahl:
Wie wonnig erst wär' es,
Wenn hehr von dem Hochsitz
Hellleuchtender Hand
Das Horn uns herunter
Die herrliche Herrin
Harthild hielte.<<

Alle Gäste schwiegen, da Vandrad so gesprochen hatte; Halfred sah
hoch auf ihn hernieder und ganz leise, sagte er mir später, fühlte er die
Ader an der Schläfe schwellen, als er den Skalden lächelnd fragte: –
aber das Lächeln war ein Königslächeln, nicht ein Kindeslächeln –

>>Was hast du von Harthild
Holdes und Hohes
In Halfreds Halle
Hier zu verherrlichen?<<

Da sprach Vandrad:

>>So vieles weißt du,
Wegwallender Wiking,
Und hast von Harthild

Nicht Herkunft noch Hochruhm
Harfen gehört?
Aus Upsalas altem,
Uredlem Abstamm
Ist sie entsprossen,
Hartstein, der Hagre,
Heißet ihr Vater,
Der reiche König
Weitreichenden Ruhmes.
Treu trägt er die Tochter
In trutzendem Hochsinn:
Er weigert die Werbung,
Wer nicht im Wettkampf
Des Wurfs ihn bewältigt.
Nicht minder meidet
Die Männer das Mädchen,
Selbst männischen Mutes:
Rühmt sich mit Recht
Der Rätselrunen
Wie kein Skalde
Kundig zu sein.
›Man-Vits-Breka‹
Nennt man im Nordland
Sie neidend mit Namen:
Jeglichem Jüngling,
Der ihr das Ehjoch
Werbend ansinnt,
Sagt sie dasselbe
Versiegelte Rätsel:
Denn keiner noch konnte
Der Klügsten es künden:
Und schmählich verschneidet
– Denn so ist die Satzung –
Mit scharfer Schere
Hohnlächelnd die Harte
Dem Helden das Haar.«

Da schwoll Halfred die Stirnader mächtiger an, er schüttelte das gewaltige, schwarze Gelock, das ihm bis auf die Schultern wogte, in den Nacken, und stürzte ein tiefes Trinkhorn hinab; dann sprang er vom Hochsitz und griff nach dem Bragibecher, auf welchen die Gelübde geleistet werden: einmal noch hielt er an sich, setzte den Bragibecher nieder und fragte:

>»Schnell sage noch, Skalde,
– Du schautest sie oft schon –
Die Männer-Scheue,
Ist sie auch schön?
Die Man-Vits-Breka.
Wie stünd' ihr das Brautband?«

Vandrad gab Bescheid:

>»Nicht leis und linde
Ist sie, noch lieblich:
Doch stolz und stattlich
Steht ihr die Gestalt
Und keine könnte
So kühnlich tragen
Königskrone.«

Da nahm Halfred den Bragibecher wieder auf, schritt auf die oberste Stufe, die zu seinem Hochsitz führte und blieb stehen, wo gerade in der Mitte mit roten Runen ein Kreis in den Eichenestrich gebrannt war, so schmal, dass ein Mann nur mit einem Fuß darein treten konnte: Halfred kniete nieder, setzte dabei den linken Fuß in den Kreis und hob den Bragibecher mit der Rechten hoch über sein Haupt.

Und alle waren sehr begierig zu hören, was er nun spräche: denn das ist ja die allerstärkste und feierlichste Art, Gelübde zu leisten. Halfred aber sprach:

>»Bevor noch des Sommers
Sonnenwende
Zur See sich gesenkt hat,

Hol' ich Harthild,
Hartsteins Tochter,
Mir als Hausfrau
Hierher in die Halle:
Sonst halte mich Hel.
Ihre spitzen Sprüche,
Ich will sie sprengen:
Ihre Runenrätsel
Will ich raten:
Unverschoren, unverschändet,
Diesen schwarzen Scheitel schütteln:
Ihr mannverachtend
Magdtum meistern,
Will Weibes-Weise
Sie gewöhnen:
Die Man-Vits-Breka
Will ich brechen:
Einen edlen Erben
All' meines Eigens
Soll sie im Saal bald
Säugen, den Sohn, mir
Und in Schlaf ihn singen
Mit seines Vaters
Siegesgesängen:
Sonst halte mich Hel.«

Das war damals des Julfestes Ende: denn alle Gäste fuhren mit gro-
ßem Geschrei von ihren Sitzen empor und lärmten durcheinander
und tranken Halfred Heil zu und riefen, das sei das beste und treff-
lichste Gelübde, das seit Menschengedenken gelobt worden im
Nordland.

Und ward der Aufruhr so groß, dass Halfred von dem Hochsitz
herab Einhalt gebieten musste und den tosenden Helden bald den
Endetrunk reichen ließ.

Und Halfred sagte mir, dass ihn, als er unter den Sternen hin über
den Hof nach seinem Schlafhause ging, das Gelübde reute: nicht, weil

er König Hartsteins Hammerwerfen fürchtete oder seiner Tochter Rätsel scheute: aber weil es für einen Mann weiser ist, eine Jungfrau erst zu schauen, bevor er sie zu seinem Weibe bestimmt.

IV

Und als die Austr-Wogen eisfrei geworden, schwamm der Singschwan gen Svearike und durch mancherlei Fährlichkeiten bis in den großen See, der Upland gegen Mittag und gegen Aufgang liegt und fuhr von da auf einem Strom, soweit er Schwimmgrund fand, aufwärts gegen Tiundaland und nach Upsala.

Und glaubt nun wohl mancher, dass Halfred große Kämpfe und Mühe gehabt habe, König Hartstein und seine Tochter zu besiegen und erwartet das nun gesagt zu hören. Aber davon ist gar nichts zu sagen: denn es ging ihm da alles leicht und rasch nach dem Wunsche, was die Heidenleute wieder als von dem Wunschgott so gefügt rühmten.

König Hartstein war sonst ein kieselherziger Mann, voll Misstrauen und karg an Worten: als er aber Halfred sah und anrief, wie dieser in seiner Halle vor seinen Königstuhl trat, und ihn fragte: »Fremdling, was begehrest du in Tiundaland und von König Hartstein?«

Und als Halfred ihm mit jenem Lächeln, das ihm der Wunsch geschenkt, in die harten Augen sah und freudig sagte: »Das Beste will ich, was Tiundaland und König Hartstein haben, seine Tochter« – da war des alten finstern Mannes Herz sofort gewonnen und er wünschte sich Halfred heimlich in seinen Gedanken zum Eidam.

Und sie gingen hinaus in den Hof zum Hammerwurf und der König warf gut: aber Halfred warf noch viel besser, und war so das erste Spiel gewonnen.

»Schwerer wird dir das zweite scheinen«, sagte der Alte und führte Halfred in die Skemma, das Frauengemach, wo die Männerwitzzerbrecherin in glänzend dunkelblauem Mantel saß unter ihren Mädchen, um Haupteslänge sie alle überragend.

Und sie sagen, als Halfred in das Gemach trat und sein Blick sie traf, erschrak sie heiß und ein Glutstrahl färbte ihre Wangen hochrot und verwirrte sie.

18

Und gewiss ist, dass sie sich mit einer goldnen Spindel, mit der sie gespielt mehr als gesponnen hatte, in die Finger stach und sie klirrend fallen ließ.

Aber Sudha, die vornehmste ihrer Jungfrauen, des Königs von Halogaland gefangene Tochter, die ihr zur Rechten saß, hob die Spindel auf und behielt sie: und viele deuteten das später als ein böses Zeichen.

Damals aber achtete man kaum darauf. Und Vandrad der Skalde sagte später Halfred, dass das Weib elfenpfeil getroffen ward, da sie ihn zuerst sah; er aber sprach darauf ernsthaft: »Es wäre besser, ich wäre bei ihrem Anblick elfenwund geworden! Aber ich blieb ganz heil.«

Und alsbald versammelte König Hartstein alle Hofleute und die Frauen der Burg und die Gäste in der Halle zu dem Rätselraten.

Und Harthild stand auf von dem Armstuhl zu seiner Rechten und ward rot im Antlitz, als sie auf Halfred blickte, was ihr – wie sie sagen – vordem nie widerfahren war bei dem Herausfordern zum Rätselraten.

Sie schwieg eine Weile, sah vor sich nieder, blickte abermals auf Halfred – diesmal aber mit forschendem und trotzigem Auge – und sie begann:

>»Was hallt in Walhalla?
>Was hehlt sich in Hel?
>Was hämmert im Hammer?
>Was hebt sich im Helm?
>Was beginnet die Heerschlacht
>Was schließet die Ruh?
>Und was hält in Harthild
>Das Haupt und das Herz?«

Und wollte sich setzen, wie sie pflag, nachdem sie das Rätsel aufgegeben: aber starr vor Schreck blieb sie stehen und griff nach der Stütze des Armstuhls, als Halfred sofort ohne Besinnen die rechte Hand gegen sie erhob und sprach:

>»Hältst du nicht Härteres,
>Herrin, verhohlen,
>So kränze das Haupthaar

19

Hurtig zur Hochzeit!
Denn was hallt in Walhalla,
Was in Hela sich hehlt,
Was da hämmert im Hammer
Und sich hebet im Helm,
Was die Heerschlacht beginnet
Und schließet die Ruh',
Was Harthild der Hohen
Das Haupt und das Herz hält,
Das hüpfet ihr heimlich
Im Hochgang des Herzens
Und hat heute Halfred
Zu Harthild verholfen –
Die heilige Rune: – –
Das hauchende H!«

Da sank Harthild zornesbleich auf den Stuhl und verhüllte das Haupt mit dem Schleier.

Als Hartstein, ihr Vater, herantrat unter dem lauten Staunensruf der Hörer in der Halle und ihr den Schleier von dem Antlitz ziehen wollte, sprang sie auf, schlug heftig den Schleier zurück – da sah man, dass sie geweint hatte – und rief mit rauer Stimme:

»Geraten hast du
Die Rätselrede:
Mit Witzes Gewalten
Gewonnen ein Weib:
Weh dir, wenn weich du
Sie nicht dir gewöhnest.«

Alle schwiegen, bang über die drohenden, nicht bräutlichen Worte.

Halfred brach endlich die Stille: er warf das Haupt in den Nacken, das schwarze Gelock schüttelnd, und lachte: »Ich wag' es darauf! König Hartstein, noch heute zahl' ich dir den Muntschatz: wann rüsten wir den Brautlauf?«

V

König Hartstein aber verlangte Aufschub bis Hartvik und Eigil zurück-
gekehrt wären von einer Heerfahrt: dann sollte ihr Empfangsfest und
die Hochzeit zugleich gefeiert werden.

Es war aber Hartvik der Sohn des Königs, der echte Bruder Harthilds, und Eigil war ein Brudersohn des Königs und Harthilds Vetter.

Und hätte gerne Harthild als sein Weib davongetragen; aber diese
hatte ihm gesagt: »Rätst du mein Rätsel nicht, wird dir dein verschnit-
ten Haar zum Schmerz; und rätst du mein Rätsel und werd' ich dein
Weib, so wird dir das noch viel härterer Schmerz. Denn mein Herz
weiß nichts von Liebe zu dir und wehe dem, der mich ohne Liebe zum
Weibe gewinnt.«

Da stand Eigil traurig ab, obwohl er ein guter Rätselrater war. –

Und als Hartvik und Eigil eingetroffen waren, wurde das bald eine
große Freundschaft zwischen Halfred und Hartvik und Halfred und
Eigil und liebten ihn beide bald so sehr, dass sie sagten, sie wollten ihr
Leben für ihn lassen.

Und ist das zwischen Halfred und Hartvik kein großes Wunder,
weil eben Halfred aller Menschen Herz gewann.

Aber das mag wohl viele erstaunen, dass auch Eigil ihn so lieb
gewann, der doch noch immer große Liebe zu Harthild trug wie
zuvor und der doch deutlich sah, wie alle, welche Augen hatten, dass
die herbe Jungfrau, die Manvitsbreka, ganz erfüllt war von Liebe zu
Halfred.

Und Eifersucht lässt doch sonst oft nicht erkennen, dass die Nachtsängerin lieblichere Stimme führt denn die Nebelkrähe.

Hartvik und Eigil liebten nun aber Halfred so sehr, dass sie ihn
baten, sie als Blutsbrüder anzunehmen.

Und an dem Tage, ehe man die Hochzeit rüstete, wurden also Hartvik und Eigil Halfreds Blutsbrüder.

Sie traten mit ihm – wie die Heidenleute tun – unter einen Rasenstreifen, der auf Speeresspitzen über ihre Häupter erhöht wurde, an beiden Enden mit der Erde noch zusammenhaltend.

Und mischten das Blut, das aus ihren geritzten rechten Armen zur schwarzen Erde unter ihren Füßen träufelte.

Damit verwünschten sie ihre Häupter auf ewig den untern Göttern, wenn je einer der Blutsbrüder den andren in Gefahr und Not verließe.

Und so stark gilt dieser Bund und Schwur, dass selbst gegen die eigenen Gesippen, ja gegen den eigenen Vater, der eine Blutsbruder dem andern im Kampfe beistehen muss bis auf den Tod. –

VI

Am Tage nach der Hochzeit aber ritt Halfred allein in den Föhrenwald. Er wollte sinnen, sagte er, und wies Harthild, die mit ihm reiten wollte, und auch sein Blutsbrüder zurück.

Finster sah ihm Harthild nach, als er aus dem Hofe ritt.

Aber auch Sudha, die schöne Königstochter aus Halogaland, sah ihm nach aus einem verhangenen Fenster und strich langsam ihr blauschwarzes Haar aus den Schläfen.

Es trug aber Vandrad der Skalde, der manchmal an Hartsteins Hofe zusprach und auch diesmal dort zugegen war, seit lange Liebe zu Sudha.

Und hatte er oft von König Hartstein ihre Freilassung erbeten, aber umsonst: der harte Mann wies ihn immer ab.

Und hatte sie ihm früher nicht ungern zugehört, wenn er sang.

Als er aber in diesen Tagen zu ihr trat und ihr von einem Liede sprach, das er ihr zum Preise gedichtet, wendete sie sich ab und sagte: »Nur einem haben die Götter Honig auf die Lippen gelegt.«

Und als gegen Abend Halfred aus dem Föhrenwalde nach der Königsburg zurücklenkte – er führte das müde Ross am Zügel, denn der Mond schien nur ungewiss durch sturmzerrissen Gewölk, – da saß auf dem Runenstein, hart am Wege, ein tief verhülltes Weib, rief ihn an und sprach:

»Halfred, Hamunds Sohn, warum reitest du am ersten Tage deiner Ehe einsam in dem Föhrenwald?«

»Wenn du das weißt, o weise Wala«, sagte Halfred anhaltend – und einen Seufzer hauchte er – »dann weißt du mehr als Halfred, Hamunds Sohn.«

»Ich will dir's sagen«, sprach die Verhüllte, »du hast ein Weib gesucht und eine Männin gefunden, rau und herb und ohne Reiz. Der Singschwan hat sich mit des Geiers Brut gepaart. Du korst den harten

23

Kieselstein – daneben lag zu deinen Füßen, glühend emporduftend, die Rose.«

Da schwang sich Halfred aufs Ross und rief der Verhüllten zu:

»Höher halt' ich das Weib, das zu hart ist, als das zu heiß!«

Und sprengte davon.

Und sah, wie er mir sagte, nur einmal zurück. So schön, sagte er, war sie nie zuvor gewesen im Tagesglanz wie nun im Mondlicht: ihre schwarzen Augen leuchteten – denn sie hatte die Kopfhülle herabgerissen – und sie rief ihm seinen Namen »Halfred!« nach – und ihr blauschwarzes Haar flatterte im Nachtwind wie ein Geisterschleier um sie her.

VII

Und als der Hochwinter vergangen und der Lenz gekommen war, sandte Halfred Botschaft gen Upsala zu König Hartstein, dass zur Sommersonnenwende Frau Harthild eines Kindes genesen werde.

Und hätten die weisen Frauen Stabrunen über sie geworfen siebenmal und jedes Mal aus untrügenden Zeichen erkannt, dass das Kind ein Sohn sei.

Und habe man ihm schon den Namen erkoren: Sigurd Sigskaldsohn.

Und lud Halfred den König und Hartvik und Eigil und Vandrad den Skalden und alle Burgleute zu Upsala, so viele die Schiffe fassen würden, zu sich zu Gast nach Hamunds-Halle, 20 Nächte vor der Sonnenwende.

Und sollte da zur Geburt und Namengebung des Knaben ein großes Fest gefeiert werden, wie nie zuvor gehalten worden auf Island.

König Hartstein aber gab Bescheid, dass er und all die Seinen, so viel zwölf Schiffe tragen könnten, dem Gastgebote folgen würden.

Und kamen denn auch zu Anfang des Sommerhüttenmonats König Hartstein und Hartvik und Eigil und viele Hundert der Burgmänner von Upsala und Leute aus ganz Tiundaland.

Und unter den Frauen, welche mitgekommen waren, stieg als die Erste von Bord Sudha; sie hatte gebeten, sie mitzunehmen, aus Sehnsucht nach Harthild.

Es war aber wieder große Freundschaft unter Halfred und seinen Blutsbrüdern Hartvik und Eigil: sie teilten Tafel, Salz und Brot.

Und erwartete man die Geburt des Hallerben auf die Sonnwendtage und rüstete in der Methalle ein großes Fest.

Reiche Wandverhänge aus gewebten und seidnen Stoffen, die Halfred aus den Inseln von Grekaland davongetragen, wurden da an den Holzwänden der Trinkhalle aufgezogen; der Boden ward mit Binsen und reinem Stroh fußhoch bestreut, die langen Tafeln und Bänke waren in einer Querreihe und zwei Langreihen aufgestellt.

An allen Pfeilern der Wände aber hingen künstlich durcheinander gesteckt Beutewaffen, welche auf geentertem Schiff, gestürmter Burg, gewonnener Walstatt der Wiking aufgelesen.

Auf den Schenktischen umher aber waren die vielen Becher und Hörner aufgereiht aus Gold, Silber, Erz, Bernstein und Edelgehörn, welche der Sigskald in den Hallen der Könige ersungen hatte.

Auf dem Hochsitz war für König Hartstein zur Rechten des Hauswirts ein Thronstuhl gestellt.

Vor Halfred unmittelbar aber ragte der halbmannshohe Leuchter aus Grekaland mit den sieben flammenden Armen.

Eigil und Hartvik sollten zu seiner Linken, die Gäste aus Tiundaland und die andern Fremden auf der Langbank zur Rechten, die Hausleute aber und die Inselmänner auf der Langbank zur Linken von dem Hochstuhl sitzen.

Die vornehmsten der Gäste erhielten sogar auch Rückenpolster, welche aus einem verbrannten Säulen-Marmorhause an der Küste von Rumaburg stammten.

Die Frauen aber sollten die Halle nicht betreten, sondern bei Harthild im Frauensaale weilen, deren Stunde zu erwarten.

So war alles schön geordnet und sagte mir Halfred selbst, dass er weder als Gast noch als Wirt jemals herrlichere Festrüstung gesehen habe.

Zwei Tage vor dem Fest, als Halfred sonnen- und sommermüde nach dem Mittagsmahl auf seinem Lager lag, glitt Sudha leise in die Tür, trat vor ihn und sprach:

»Halfred, Singkunst, Sieg und Ruhm hast du seit 20 Jahren, du hast ein Weib seit einem Jahre, du wirst einen Erben haben in Bälde. Niemals aber hast du Freyas Gabe, die Voll-Liebe, gekannt – widerrede mir nicht –: dein Auge meidet Frau Harthilds suchenden Blick und wenn du in die Saiten deiner Harfe träumend greifst, schaust du nicht in Frau Harthilds hart-herbes Gesicht, sondern aufwärts nach den Sternen.

Halfred, nicht in den Wolken weilet, was du ersehnst, nicht aus den Sternen wird dir's niederschweben: auf Erden wandelt es dahin, es ist ein Weib, das den Singschwan mit Liebreiz, mit Weibeszauber zwingt.

Wehe dir, wenn du sie niemals findest.

Und gewinnst du allen Ruhm mit Schwert und Harfe – das Beste bleibt dir dann doch versagt.

Du fragst, was mich so weise macht und so kühn zugleich?

Die Liebe, die Voll-Liebe zu dir, du reicher, armer Sigskalde.

Sieh, ich bin nur ein Weib, eine Gefangene, aber ich sage dir, es gibt auch ein Weibes-Heldentum.

Ich habe es mir bei den untern Göttern gelobt, als ich deine Heimaterde betrat: hier auf Island gewinne ich mir deine Liebe oder den Tod.«

Da stand Halfred auf von seinem Lager und sprach:

»Weisheit und Wahnwitz hast du gemischt geredet. Aus dir redet mehr als Sudha, redet ein göttergeschlagener Geist.

Mich ergreift Grauen und Mitleid: ich will von König Hartstein deine Freiheit fordern: dann ziehe heimwärts nach Halogaland: dort magst du Glück finden in eines wackern Helden Armen: hier aber sei dir heilig Frau Harthilds Recht und Herd, nicht störe ihr Glück.«

Und er ergriff seinen Speer und schritt hinaus. Sudha aber rief ihm nach, dass er's noch vernahm: »Ihr Glück? Sie ahnt ihr Elend längst; bald soll sie klar erkennen, die Hochfährtige, dass sie unendlich elender ist als Sudha.«

Am Abend desselben Tages aber rief sie Vandrad den Skalden, der noch immer große Liebe zu ihr trug, an den Brunnen im Hofe, wie ihn zu bitten, ihr den schweren Wassereimer aus der Tiefe zu ziehen, so hat Vandrad sterbend später Halfred selbst erzählt.

Als er aber den Eimer auf den Brunnenrand gehoben hatte, legte sie leise einen Finger auf seinen nackten Arm und sprach:

»Vandrad, komm' heute Nacht hieher, wenn der Stern Oervandils sich just in diesem Brunnen spiegelt. Du sollst mir alles sagen, wie das damals herging bei dem Gelübde auf dem Bragibecher.«

Vandrad bedachte sich und sah sie zögernd an.

Da sprach sie: »Vandrad, ich schwöre dir bei Freyas Halsgeschmeide, ich werde dein Weib, wenn ich dies Eiland verlasse. Willst du nun kommen, und alles mir künden?«

Da gelobte Vandrad zu tun, wie sie begehrt.

VIII

Das Fest der Sommersonnenwende wurde nun gar herrlich gefeiert in der Halle.

Und waren da wohl tausend Gäste innerhalb des Saales, viele Hunderte aber des Gesindes und der Knechte lagerten rings um den Bau im Freien.

Außer den Gästen aus Svearike waren da von allen Nachbarküsten und Eilanden viele Jarle, Goden und große Häuptlinge gekommen; so aus dem fernen Irland die Könige Konal und Kiartan aus Dyflin; aus Sialanda die Dänenjarle Hako und Sveno von Lethra; dann aus Westgotland die drei Brüder Arnbjörn, Arngeir und Arnolfr, Jarle der Westergoten; diese hatten lange in Blutrache, die erst kürzlich durch Sühnegeld beigelegt war, gelebt mit den beiden Fürstenbrüdern aus Ostgotland, Helge und Helgrimr.

Und waren diese beiden und jene drei Männer nur mit starkem Gefolge in vielen Waffen aufgebrochen, als sie vernahmen, dass auch die Gegner zu dem Feste Halfreds geladen seien.

Und hatte Halfred Sorge getroffen, dass die Gefolgen der Fürsten aus Westgotaland zur Linken, die aber aus Ostgotaland zur Rechten, beide im Rücken der Halle, in Tannenhütten untergebracht wurden.

Und trennte eine Holzwand mit starkverschlossener Pforte die beiden Lagerungen.

Aber auch aus andern Tälern von Svearike außer Tiundaland, aus dem Eisenland, aus Herjadal, Jemtland und Helsingaland waren viele Gäste gekommen, oft alte Feinde der Leute aus Tiundaland.

Es hatte aber das Fest sehr schönen Fortgang von Tagesanbruch an bis in die Nacht. Und da man in der Halle und draußen, wo das fremde Gesinde lagerte, viele Pechfackeln und Feuer anzündete – vor Halfred aber brannte der siebenarmige, schwere Leuchter – ward das erst ein recht frohes Sonnenfeuerfest.

Und sprangen die Männer, die Trinkhörner schwingend und lee-
rend, über die Flammen und die Skalden sangen in Liedern, welche
sie, plötzlich aufstehend, dichteten, in die Wette Loblieder auf Halfred
und seine Taten mit Hammer und Harfe und auf den Singschwan und
die Halle und das Fest.

Und rühmten auch alle die fremden Könige, dass sie noch nie so
herrliche Sommersonnenwende gehalten, weder daheim noch in den
Hallen anderer Wirte.

Halfred saß freudigen Herzens auf dem Hochsitz; er winkte seinem
Harfenträger, ihm die Silberharfe zu bringen: denn er wollte endlich
den vielen Ehrenliedern der Skalden und den Preiseworten der Gäste
mit einem Dank- und Willkommlied erwidern, – – da begann das
Geschehnis zu geschehen, das Halfred und sein Haus und die Männer von Tiundaland und alle Gäste und viele Hundert andere Männer
und Frauen, auch ganz fremde und ferne, welche nie von Halfred und
Harthild gesehen oder gehört, in Blut und Feuer verderben sollte.

Auf tat sich nämlich die Haupttüre der Halle, gerade dem Hochsitz
gegenüber, und herein schritt Frau Harthilt.

Hochaufgerichtet schritt sie, das Haupt in den Nacken geworfen;
sie hatte einen langen, schwarzen Mantel um Haupt und Hals und
Brust und den ganzen Leib geschlagen, er wallte nachschleppend hinter ihren Füßen wie Kräuselwoge hinter Ruderschiff.

Und Halfred sagte mir, ihm war damals, als schreite die furchtbarste
der Nornen in den Saal.

Sie ging, gefolgt von Sudha und ihren Frauen, mitten durch die
Halle, den Blick nur auf Halfred gerichtet.

Langsam, schweigend schritt sie die sechs Stufen des Hochsitzes
hinan und hielt hart vor Halfred an dem Tisch.

Nur der schwere Leuchter stand zwischen beiden.

Alle Männer aber in der Halle verstummten und schauten empor
zu dem schwarzen Weibe, das einer dunklen Wetterwolke glich.

»Halfred Hamundssohn«, – hob sie an und ihre Stimme war laut
und doch ohne Klang – »Antwort erheisch' ich auf zwei Fragen vor
diesen zehnmal hundert Hörern in deiner Halle. Lüge mir nicht!«

Da schoss Halfred das Blut in die Stirn. Mächtig fühlte er die Schlä-
fenadern pochen: – »Wenn ich spreche oder handle«, sagte er noch

zu sich selbst, »weiß ich nicht, was ich sprechen oder tun werde: so will ich schweigen und nichts tun.«

Harthilt aber, die linke Faust in die Hüfte gestemmt, fuhr fort:

»Hast du mir in jener ersten Nacht, da ich deine Hand an meinem Gürtel festhielt und dich frug, ob du mir Liebe tragest, Ja! gesagt oder Nein!? Gib Antwort, Sigskald, ich und die Götter wissen drum!«

»Ja«, sagte Halfred und furchte die Brauen.

»Und ist es wahr, was Vandrad der Skalde geschworen, dass du hier, in der Halle, beim Julfest, nach vielen Hörnern Metes, in übermütiger Laune, gelobt, aus frevler Wettlust, vor der Sommersonnenwende die Manvitsbrecherin zu brechen, wie ein störriges Ross: und zur Lösung dieses Prahlworts auszogst du nach Tiundaland und bliebst ganz heil, wie du geseufzt, bei meinem Anblick?

Sage die Wahrheit – lüge nicht wieder –! Dich hören tausend Hörer, du herrlicher Sohn des Wunsches, ist es so?«

Da ergrimmte Halfred im tiefsten Herzen, doch er bezwang sich und sprach fest und vernehmlich:

»Es ist wie du gesagt.«

Da richtete sich Harthilt noch höher empor und wie zwei Schlangen schossen die Blicke des furchtbarsten Hasses aus ihren Augen und sie sprach:

»So sei verflucht vom Scheitel bis zur Sohle, der du ein armes Weib belogen und geschändet!

Fluch über deine stolzen Gedanken – Wahnsinn soll sie schlagen!

Fluch über deine falschen Augen – Blindheit soll sie treffen!

Fluch über deine lügenden Lippen – sie sollen verlechzen und nie mehr lächeln!

Fluch über deine schmeichelnde Stimme – sie soll verstummen!

Dein Haus und die Halle in Lohe verbrennen, verbrennen der Singschwan!

Hand soll dir erlahmen, Hammer nicht treffen, Harfe zerspringen.

Sieg sei dir versagt in Schlacht und Gesang.

Nichts soll dich mehr freuen, was sonst dich erfreut: die Sonne des Lenzes, die Blume des Waldes, das Feuer des Weines, der Amsel Gesang und des Abendsternes Gruß: schlummerlos wälze das stöhnende Haupt und naht dir der Schlaf, sei's mit würgendem Traum!

Doch zwiefacher Fluch soll euch beide zerfleischen, wenn Weibesliebe du wieder gewinnst.

In Irrsinn und Siechtum soll sie verderben, die du mehr als deine Seele liebst.

Aber der Sohn, den ich Unselige gebären muss, er soll der Mutter Rächer sein am Vater!

Lügnersohn, Neidingssohn, Harthiltsrache soll er heißen und dereinst dich Niederträchtigen treffen, wie vor allen Männern dich zu schänden dir jetzt ins Antlitz schlägt meine Hand!«

Und hoch erhob sie die flache Rechte und führte einen Streich über die Tafel hin nach Halfreds Haupt.

Dieser sprang empor: zur Abwehr solcher Schmach fuhr er mit dem linken Arm entgegen.

Da stieß er an den schweren siebenfach flammenden Leuchter: schmetternd schlug das Erz mit allen sieben Flammen auf Frau Harthilts Brust und Leib, dann zur Erde.

Wie vom Blitz entzündet stand das Weib in stammender Lohe, Mantel und Haare brannten hell auf. Schon auch brannte das dichte trockne Stroh, das fußhoch den Estrich bedeckte.

»König Hartstein, räche dein armes Kind!«, schrie Harthilt auf vor Schmerz; sie glaubte, aus Zorn habe Halfred den Leuchter auf sie geschleudert.

Dasselbe glaubte der König: und während Halfred rettend nach dem brennenden Weibe griff, schlug ihm König Hartstein mit dem Aufschrei: »Nieder du Neiding!« einen scharfen Schwertschlag an die Stirn, dass er betäubt niederstürzte.

Und hätte ihn da mit einem zweiten Streich getötet, wenn nicht Gigil und Hartvik herzuspringend den Blutbruder rasch davongetragen hätten.

Und war dies, dass Halfred gleich zu Anfang nicht abwehren und gebieten konnte, der Hauptgrund des Verderbens; er allein hätte das vermocht.

Nun aber erfüllte das brennende Weib und das flammende Stroh alles mit plötzlichem Entsetzen –:

Die Leute aus Tiundaland fuhren auf in Wut, da sie ihre Königstochter in Flammen niederstürzen sahen auf prasselndes Stroh: und die Genossen Halfreds rissen die Schwerter heraus, da sie ihren Herrn blutend fallen sahen: und Brand, Rauch, Geschrei der Weiber, Racheruf der Männer erfüllte den Saal.

Und brach da ein Kampf und ein Verderben los in der Halle, riesengroß, wie seinesgleichen, sagen die Heidenleute, nur zur Zeit der Götterdämmerung wiederkehren wird, wann alle Asen und Riesen, Wanen und Elben, Einherier, Menschen und Zwerge sich erschlagen und Himmel, Erde und Hel in Lohe verbrennen.

Harthilt trugen ihre kreischenden Frauen in brennenden Kleidern hinaus.

Nur eine fehlte: Sudha drang durch Flammen und Waffen, wo Halfred auf der Blutsbrüder Knien lag:

»Tot?«, rief sie –, »tot durch Sudha? So teilen wir den Tod, wenn nicht das Leben!«

Und zuckte Halfreds Dolch aus dessen Gürtel und stieß ihn tief sich in die Brust.

»Tot Halfred um meine schwatzende Zunge! Tot Sudha!«, rief Vandrad der Skalde. »Ich räche dich, Halfred!«

Und riss einen Wurfspeer aus den Beutestücken, die an den flammenumleckten Holzpfeilern hingen, und warf ihn König Hartstein sausend in die Schläfe, dass er tot umfiel.

Wild aufschrien da die Leute aus Tiundaland und ihre nahen Gesippen aus Westgotaland um Rache für Harthilt und König Hartstein.

Und der Jarl Arnbjörn aus Westgotaland fasste einen schweren ehernen Henkelkrug mit beiden Händen und schleuderte ihn auf Vandrads Stirn, dass dieser stürzte.

Als aber die Fürsten aus Ostgotaland dieses sahen, dass ihr Todfeind zu den Männern aus Upsala half, da fielen sie, Helgi und Helgrimr, mit ungefügen Streichen über die alten Feinde und die Gäste aus Upsala zusammen her.

Und konnte nun keiner mehr daran denken, zu löschen das prasselnde Stroh auf dem Estrich oder die leise brennenden Seiden- und Wollvorhänge an den Wänden oder die Holzpfeiler, an welchen die Glut emporzüngelte.

Denn blindlings flogen schon Speere und Äxte und die goldenen und silbernen Trinkhörner: und mancher, der zum Frieden gemahnt oder die Brände hatte zertreten wollen, war gefallen, von beiden Seiten getroffen.

»Wollen wir allein müßig stehen von den fremden Gästen bei dieser blutigen Sonnwendfeier?«, sprach da der Dänenjarl Hako zu dem Irenkönig Konal, »dass uns die Skalden trinktapfer, aber schlagfeige schelten? Wir haben einen alten Streit um geraubte Rosse, lass ihn uns hier ausfechten! Du irischer Grünspecht!«

»Du Säufer aus Seeland!«, gab dieser zur Antwort, »dir lösch' ich für immer den Durst und die Lästrung!«, und stieß ihm das breite, kurze Iren-Messer durch die Zähne in den Schlund.

Da schlug Sveno, sein Bruder, grimmig auf den König ein und kämpften nun die Gefolgen, Dänen und Iren, für sich allein in der Vorderseite der Halle ihren Kampf: und sperrten so die Türe, dass niemand aus der Halle ins Freie sich retten konnte.

Und die keine Waffen bei sich hatten, rissen die Beutewaffen von den Pfeilern: oder schleuderten die schweren Trinkhörner und schon auch die flammenden Holzscheite und Balken, welche rings von dem Dachgezimmer niederstürzten: und statt der Schilde deckten sie sich mit den Tafeln der Tische.

Und schlugen nun wild durcheinander die Leute aus Tiundaland und Island, aus Westgotaland und Ostgotaland, aus Seeland und Irland. Und wusste kaum einer noch, wer Freund und Feind.

Und sanken viele, viele Männer durch Blutwunden und Brandwunden.

Und endlich hatte die Flamme das Dachgerüst durchbrochen und stieg hochauflohend zum Himmel.

Und als der Wind von oben in die schwelenden Vorhänge an den Wänden blies, da flackerten auch sie plötzlich in heller Lohe.

Und nun stürzte der Firstbalken krachend herab – – und darauf erscholl ein Ton, als ob 40 Harfensaiten auf einmal sterbend aufschrien. Und war das auch so: denn der Balken hatte Halfreds Silberharfe, die dicht neben seinem Haupte lag, mitten entzweigeschlagen.

Bei diesem schwirrenden Harfenschrei schlug Halfred die Augen auf und sah um sich: und kam ihm die volle Wahrheit.

Und sprang auf und schrie dröhnend durch Mord und Flammen, – Hartvik und Eigil hielten Schild und Schwert schützend über ihn: –

»Halt! Friede! Friede in der Halle! Zauber hat uns alle verwirrt! Löscht, löscht das Feuer, das uns alle verzehrt!«

Und so groß war sein Ansehen bei Freund und Feind, dass einen Augenblick alle innehielten. Horch, da donnerten von außen an die Hinterpforte der Halle mächtige Axtschläge und der Ruf:

»Halfred, Halfred rette dein Haus, rette den Singschwan!«

Krachend fiel die Pforte einwärts und neues Verderben ward sichtbar, die in der Halle kaum für einen Atemzug erstickte Kampfesglut neu entfachend.

Halfred sah durch die Türpfosten: seine Erbhalle und die Schiffe im Hafen und der Singschwan standen in Flammen.

Die Gefolgen der Fürsten aus Westgotaland, die in den Tannenhütten gelagert waren, hatten zuerst den Lärm des Kampfes gehört und den Brand der Halle gesehen: »Zu Hülfe, zu Hülfe unseren Herrn!«, schrien sie, rissen die Holzwand nieder, welche sie von der Methalle schied, und wollten auf diese los eilen.

Aber da warfen sich ihnen ihre feindlichen Nachbarn, die Gefolgen der Fürsten aus Ostgotaland, entgegen, sie zu hemmen: waren jedoch zu schwach, das offene Feld zu halten und wichen teils in das Wohnhaus Halfreds, teils auf ihre Schiffe in dem Fjord zurück.

Jauchzend folgten die Sieger, drangen mit den Weichenden in die Wohnhalle Halfreds, stürmten gegen die Schiffe in der Bucht, und Wohnhalle und Schiffe standen plötzlich in Flammen, sei es von den Stürmenden in Brand gesteckt, sei es, dass der starke Südwind Funken und brennende Splitter von dem Dache der Methalle herübergeweht hatte.

Halfred warf noch einen Blick auf seine zertrümmerte Harfe, auf das brennende Erbhaus seiner Väter – dann fasste er den Hammer fester und rief:

»Hierher alle zu mir, Halfreds Gesellen, räumet die Halle, rettet den Schwan!«

Und in mächtigem Anlauf, den Hammer um das Haupt schwingend, durchbrach er die Reihen der Männer, welche sofort den Kampf wieder erneut hatten.

Hartvik und Eigil folgten ihm auf den Fersen und viele der Seinen und auch der Feinde.

Die aber nicht mit ihm die Trinkhalle verließen, die waren gleich darauf fast alle des Todes.

Denn mit dumpfem Krach fiel hart hinter Halfred das ganze brennende Balkendach nach innen in die Halle.

Halfred sah zurück im eiligen Lauf: hoch schlug die Lohe noch einmal empor und der Schrei von Hunderten Erschlagenen: dann ward es still in der Sonnwend-Festhalle.

Halfred rannte weiter, gefolgt von Freund und Feind, vorüber an seines Vaters Halle: er sah die Flammen an den Pfeilern emporsteigen und von drinnen scholl wüster Mordlärm.

Eine erschlagene Magd lag auf der Schwelle.

Bald hatten Halfred und die Seinen die Bucht erreicht, wo der Kampf um die hochbordigen Schiffe wogte. Viele brannten. Manches Drachenhaupt schien Feuer und Rauch zu speien.

Um den Singschwan aber tobte am grimmigsten der Streit: dicht geschart umdrängten ihn die Feinde: watend, schwimmend, in Booten und auf Flößen drangen sie hinan, andere schossen vom Lande Pfeile und Speere auf die Verteidiger: und mehr als ein Brandpfeil hatte zündend getroffen.

Der linke Flügel des kunstvoll geschnitzten Schwanes stand in Lohe, die Taue und Segel hinan züngelte die Flamme: gerade, als Halfred das Gestade erreichte, erfasste sie den Mastbaum.

Da ergriff ihn Schmerz und Grimmzorn, die Schläfenader schwoll ihm fast wie ein Kindesfinger an:

»Löscht, löscht! All' ihr Hände auf Deck! Rettet den Schwan! Durchhaut die Ankerseile, treibt in See! Fechtet nicht mehr, fechten will ich für euch alle!«

Und die Getreuen gehorchten: die Schiffsmänner ließen vom Kampf und mühten sich nur, die Flammen zu löschen, was auch bald gelang, als keine Brandpfeile mehr vom Lande flogen und die Feinde von dem Schiffe lassen mussten.

Denn Halfred wütete grimmig, wie man ihn nie hatte kämpfen sehen: mit lautem Schlachtruf sprang er auf die Leute aus Westgotaland und Tiundaland und schlug sie nieder, einen nach dem andern.

Getreulich halfen im Hartvik und Eigil, seine Blutsbrüder, und schonten diese ihre eigenen Landsleute und Vettern gar nicht, sondern gedachten des Bluteides, der sie enger an Halfred band als an die eigenen Gesippen.

Und wichen die Feinde vor Halfred und den Seinen aus dem freien Felde in das Erbhaus, das halb niedergebrannt war, und verrammelten es.

Und so stürmte er sein eignes Erbhaus, in welchem die Leute aus Westgotaland vordem über die Hausleute und die Ostgotamänner gesiegt und alle erschlagen hatten.

Eine ganze Stunde noch währte der Kampf.

Da erschlug Halfred auf der Schwelle seines Hauses den Dänenjarl Sveno, den letzten Häuptling der Feinde, der noch lebte, drang in das Haus und hinter ihm die Seinen.

Die Leute aus Westgotaland, Seeland und Tiundaland wehrten sich wie umstellte Bären: aber endlich waren sie alle, alle erschlagen.

Und von da zog Halfred nach der Methalle, die noch immer glühte, und forschte, wer da noch lebte.

Aber auch da waren alle tot.

Und fanden sie die Leiche von König Hartstein und Sudha, von dem Dänen Hako und den zwei Iren Konal und Kiartan, von dem Ostgotenfürsten Helge – Helgrimr war bei den Schiffen gefallen – und von Arngeir und Arnbjörn – Arnolfr war bei dem Erbhause erschlagen – und fanden Vandrad den Skalden im Sterben.

Der sagte noch Halfred, wie ihn Sudha zum Reden gebracht und bat ihn, er möge ihm so vieler Helden Tod verzeihen.

Und Halfred hielt seine Hand, bis er gestorben war.

Frau Harthilds Leiche aber fanden sie nicht, obwohl viele ihrer Frauen in dem Erbhause verbrannt und erschlagen da lagen.

Manche Leichen waren aber auch ganz unkenntlich, verbrannt und verkohlt.

Und sie wandten sich suchend nach den Schiffen.

Und waren da alle Schiffe der fremden Gäste verbrannt und alle der Isländer, die in der Bucht lagen: denn zuletzt hatte bei Halfreds grimmen Schlägen niemand mehr an löschen gedacht.

Und rief Halfred mit dem Heerhorn den Singschwan herbei, der im Mondlicht gerettet schwamm, und stieg mit seiner kleinen Schar an Bord.

Und lagen da erschlagen viele Hundert von Halfreds Isländern.

Die fremden Gäste aber, die zum Sonnwendfest gekommen waren, lagen alle, alle tot bis auf Hartvik und Eigil.

Und zählte Halfred, als er alle Häupter zum Maste zur Musterung rief, noch 70 Männer am Leben.

Alle andern waren gefallen in der einen Sommersonnwendnacht: und kam nach dem wüsten Lärm eine grausige Stille über Strand und See: und traurig und schweigend schwamm der Singschwan mit versengtem Flügel im Mondlicht über den Fjord.

IX

Und Halfred war in tiefes, tiefes Schweigen verfallen, seit der Kampf zu Ende war und er Vandrads Sterbewort vernommen; er sprach kein Wort.

Als es aber voller Tag geworden, landete der Singschwan und die Männer stiegen ans Land.

Schweigend winkte Halfred den Segelbrüdern, die Leichen aus der Trinkhalle, der Erbhalle, von den Schiffen und auf dem Gestade alle zusammenzutragen. Er hieß sieben Scheiterhaufen errichten und auf diesen wurden die Toten verbrannt mit ihren Waffen. Die Asche aber befahl Halfred zu mischen, von Freund und Feind.

Und schüttete sie selber in eine große, steingeplattete Grube, die er graben ließ hart an der Flutgrenze am Strand. Und ließ dichte Erde darauf häufen und einen ungeheuren schwarzen Felsblock, den einst der Hella ausgeworfen, darauf wälzen. Und kostete das viele Tage Arbeit.

Halfred aber schwieg.

Und die Nächte über saß er an dem Aschengrabe und sah bald aufwärts in die Sterne der Sommernacht und dann wieder starr auf die Erde und das Felsengrab.

Und leise, leise schüttelte er manchmal das Haupt.

Aber er sprach kein Wort.

Und als nach sieben Nächten die Sonne aufging, schritten Hartvik und Eigil auf ihn zu, der auf dem Steine saß, und sprach da Hartvik: »Halfred, mein Blutsbruder! Ein großes Unheil ist geschehen; dir, auch mir, auch uns: Vater und Schwester und viele Freunde hab' ich verloren: und Eigil hat auch viel verloren, was ihm teuer war. Wir wollen es tragen, alle drei. Komm, Halfred, Sigskald, auf mit dir! Dies Schweigen und Brüten ist vom Übel. Erbhalle und Methalle, die Feuer verbrannt, baut Axt wieder auf. Harfen gibt es noch viele auf Erden und der Singschwan wirft die angesengten Federn aus. Auf, Halfred, trinke: da hab' ich dir von des Singschwans Beutevorrat aus Grekaland einen Becher Chioswein gebracht, den du immer liebtest. Trinke, sprich und lebe!«

Halfred stand mit einem Seufzer auf, nahm den Becher aus Hartviks Hand und goss den Wein langsam auf das Aschengrab: die Erde sog ihn gierig ein.

»Kommt heute um Mitternacht wieder. Dann sag' ich euch Bescheid. Ich kann es immer noch nicht zusammendenken. Noch einmal will ich die Götter fragen, die in den Sternen wohnen, ob sie mir immer noch Antwort weigern.«

Und setzte sich wieder auf den Stein und bedeckte sein Gesicht mit den Händen.

Und als um Mitternacht die beiden kamen, wies Halfred gen Himmel: »Es sind so viele Tausend, Tausend Sterne. Aber sie schweigen mir alle. Unablässig, seit sieben Tagen und Nächten, frag' ich mich und frage die Sterne: warum ließen die Götter das Ungeheure geschehen?

Ist es eine Schuld, dass ich ein Gelübde geleistet, wie viele geleistet werden im Nordland?

Hunderte von Frauen hätten das hingenommen ohne Groll.

Ist es meine Schuld, dass Frau Harthild anders geartet war?

Und es war keine Lüge, dass ich ihr Liebe trug in jener Nacht. Voll-Liebe war es wohl nicht, wie Sudha das nannte, das mag sein. Nie kannte ich ›Voll-Liebe‹.«

Und sei's drum – hassen mich die Götter um begangene Schuld – warum strafen sie nicht mich allein? – warum büßen und leiden andere, viele andere um *meine* Schuld? Warum verderben sie König Hartstein und viele andere Fürsten und Tausend Männer von allen Küsten und Inseln? Warum verderben sie Frau Harthild selbst, die sie rächen wollen, und unsern ungebornen Knaben? Was haben sie alle verschuldet? Redet, ihr beiden, wenn ihr mehr wisst als ich und die Sterne!«

Aber die Blutsbrüder schwiegen und Halfred fuhr fort:

»Es müssen doch Götter sein!

Wer hatte sonst die Riesen gebändigt, das Meer beruhigt, die Erde geebnet, den Himmel gewölbt und die Sterne verstreut? Wer lenkte die Schlacht sonst? Und wie kämen nach dem Tode wackre Helden nach Walhall und die Schlechten in die finstre Schlangenhölle?

Denn jenes furchtbare Andere, das mir von fern her auch schon finster in die Sinne kam: dass vielleicht keine Götter leben, – – will ich nicht mehr denken.

Es müssen Götter sein! Sonst kann ich nichts, gar nichts mehr denken, und es springt mir in Wahnsinn das pochende Hirn.

Und wenn Götter sind, müssen sie auch gut sein und weise und mächtig und gerecht.

Sonst wäre es ja noch viel furchtbarer zu denken, dass Wesen, mächtiger und klüger als die Menschen, sich der Qualen der Menschen freuten, wie ein böser Bube, der zum Spielen den gefangenen Käfer spießt.

Das also darf man nicht denken: – beides nicht – dass keine Götter oder dass böse Götter sind.

Und so will ich denn fromm ergeben dies ungeheure Unheil tragen, erwartend, dass ich im Lauf der Jahre auch dieses Rätsel rate – ein so schweres ward mir noch niemals aufgegeben.

Euch aber, ihr Vielgetreuen, die ihr bis in den Tod zu mir gestanden und eure Sippe nicht geschont und eure Nächsten um mich verloren, euch will ich nie verlassen, mein Leben lang, und euch großen Dank tragen: und sollt ihr mir das Liebste sein auf immerdar, euch allein will ich leben!«

Da sprach Hartvik: »Nicht also darfst du reden, Halfred. Harfe sollst du wieder sieghaft schlagen, Hammer wirst du wieder freudig schwingen, unter blauem Griechenhimmel Blut der Rebe schlürfen und ein wonnesamer Weib als –«

Da sprang Halfred empor von dem schwarzen Stein:

»Schweig, Hartvik: Frevel redest du.

Wer so schwer wie ich getroffen ist vom Hass der Götter, die da leben und gerecht sind, der steht wie der blitzgeschlagene Baum am Wege: Vöglein singt nicht darauf, Tau netzt ihn nicht, Sonne küsst ihn nicht.

Wie sollte ich singen und lachen, trinken und küssen, um den so viele Tausend Männer und Frauen Todesverderben erreicht hat oder Todestrauer für immerdar.

Nein! Andres habe ich mir gelobt.

Lange zweifelte ich, ob ich noch leben könne nach solchem Unheil, das die Götter an dies Haupt geknüpft: und nicht könnt' ich es, wenn ich nicht noch an gute Götter glaubte und auf des Rätsels Lösung harrte.

Aber Glück und Freude haben keinen Teil mehr an Halfred Hamundsson: auf ewig sag' ich ihnen ab.«

Und er kniete nieder und nahm aus seinem Brustlatz einen Lederbeutel, der war mit weißer Asche gefüllt: und langsam streute er und dicht über und über auf sein langlockiges schwarzes Haupthaar, auf Antlitz, Brust und Leib die weiße Asche:

»Hört mich, ihr guten, allwaltenden Götter, und ihr strahlenden, allsehenden Sterne am Himmel, und von den Menschen auf Erden Hartvik und Eigil, meine Blutsbrüder!

Abschwöre ich hier, um des grausen Unheils willen, das ich heraufgeführt über Weib und Kind und viele Hundert Freunde und Fremde, abschwör' ich für immer dem Glück und der Freude, dem Sang, dem Frohtrunk, der Weibesliebe.

Den Toten nur, den um meine Schuld Erschlagenen, mit deren Asche ich mich hier auf ihrem Grabhügel bedecke, gehör' ich an und unter den Lebenden meinen treuen Blutsbrüdern.

Und breche ich dies schwurheilige Gelübde, – ganz soll Frau Harthilds Fluch sich vollenden.«

Und die Sterne und die Freunde hörten schweigend seinen Schwur.

X

Und Halfred hielt Wort.

Jahr um Jahr verging – er sagte mir, er wisse nicht mehr, wie oft inzwischen die Sommersonnwend' wiederkehrte – und lebte Halfred ein Leben, als ob er tot wäre.

Hartvik und Eigil führten den Singschwan und den Befehl über die Segelbrüder. Sie koren die Ziele der Hafen und die Wege der Fahrten; Halfred ließ ohne Wort, Wunsch und Wahl alles geschehen.

Nur wenn der Südsturm zu stark ward für Hartviks Faust, stieg Halfred schweigend an das Steuer und führte es, bis die See wieder ruhig war.

Auch wenn Wikinger das Schiff angriffen – Halfred hatte verboten, dass der Singschwan zu Land oder See noch Leute schädige – und die Gefahr übergroß ward, griff Halfred schweigend – nie mehr erhob er den Schlachtruf – zu seinem Hammer und schlug unter die Feinde, bis sie wichen.

Aber er führte den Hammer nur mehr mit der linken Hand – den Schild hatte er abgelegt – und auch nicht Helm und Brünne deckten ihm Haupt und Brust.

Er trug Jahr aus und ein das Gewand, welches in jener Sonnwendnacht Rauch, Brand und Blut dunkel gefärbt.

Wenn der Singschwan landete – die schwarzen Brandflecken an den Flügeln durften nicht getilgt werden – und Hartvik und Eigil und die Segelbrüder in die Hallen der Könige gingen, blieb Halfred auf Deck liegen und hielt Schiffshut.

Und trank nur noch Wasser aus hölzernem, bitterem Wachholderbecher.

Eigil brachte einst aus einer Königshalle, wo der Sigskald früher oft gegastet, eine prachtvolle goldne Harfe, welche die Königin dem alten Freunde grüßend zum Geschenke schickte.

Als aber das Schiff um die Bucht gebogen war, glitt die Harfe mit leisem Rauschen in die See.

Und einst lag Halfred im Hochsommer auf Island am Strand an dem schwarzen Felsstein – denn jede Sommersonnwendnacht verbrachte er einsam dort, die Freunde mussten auf dem Schiffe bleiben – und sah sehr, sehr traurig aus.

Denn sein Antlitz war sehr bleich geworden.

Da kamen eine Frau und eine wunderschöne Jungfrau, das war ihre Tochter, und blieben vor ihm stehen; der wandte sein Gesicht, aber die Mutter sprach:

»Ich kenne dich doch noch, Halfred Sigskald! Ich werde dein Antlitz nie vergessen, ob auch des Wunsches Lächeln nicht mehr darauf spielt, und ob auch die Furchen in deiner Stirn wie vom Pfluge tief eingegraben sind, – dies Mägdlein hast du mir vor 15 Wintern, ein schlafendes Kind, in den Arm gelegt, siehe, wie schön ist sie geworden, wie keine mehr aus ganz Island! Und diesen Kranz von Sommerblumen hat sie dir geflochten; setze ihn auf deine bleiche Stirn und dir wird wohler werden: denn Dank hat ihn gewunden.«

Da sprang Halfred auf, nahm den Kranz aus des errötenden, schönen Mädchens Hand, hob mit gewaltigem Ruck den ungeheuren Felsen leis empor, warf den Kranz darunter und ließ den schwarzen Stein wieder wuchtig auf die alte Stelle fallen.

Weinend gingen Mutter und Mädchen. –

Und sprach Halfred in diesen Jahren fast nur mit Hartvik und Eigil und auch mit diesen nur, was er musste.

Und was er sprach, war weich und traurig.

Und seine Stimme war leise geworden.

Und war er sehr gütig mit allen Menschen, auch mit ganz geringen Leuten.

Und hörten ihn die Schiffsleute nachts viel seufzen und sich auf dem Strohlager auf Deck wälzen, wo er immer bis in den kalten Winter unter den Sternen lag.

Und hörten ihn oft sprechen, wenn niemand zugegen war, mit dem er reden konnte.

Und bei Tisch stützte er das Haupt in die linke Hand, schlug die Augen nieder oder sah weit, weit in die Ferne.

Und klagte er fast nie: nur das Haupt schüttelte er manchmal leise und presste sehr, sehr oft die linke Hand an die Brust, und sagte manchmal:

»Mich meidet die frohe Himmelsluft. Ich kann nicht atmen; will ich atmen, muss ich seufzen. Es drückt mir fast das Herz zusammen.«

Und Hartvik und Eigil sprachen untereinander: »Er ist siech.«

Und einst, als sie in Grekaland fuhren, rief Eigil heimlich einen Arzt, die dort sehr weise sind, und achtete der Arzt auf Halfred viele Tage und Nächte, und sprach:

»Das ist eine schwere Krankheit, daran dieser arme Mann leidet.

Und ist schon mancher an ihr still gestorben, oder laut in Wahnsinn verdorben.

Wir nennen sie: Melancholia.« –

XI

Und fuhr der Singschwan wieder in den Westerwogen im Spätfrühling und Frühsommer, in der Zeit, welche die Lateiner Mensis Martius nennen.

Und waren ihnen auf langer Reise die Vorräte ausgegangen.

Und war auch das Schiff der Rast und Heilung bedürftig.

Und sprachen die Blutsbrüder zu Halfred, als sie in die Gewässer der Insel Hibernia gelangten:

»Mann und Mast müssen sich bessern; wir wollen landen in König Thoruls Hafenburg und an Bord schaffen, was wir brauchen. Weit gerühmt ist König Thoruls Halle; höchste Harfenkunst wird dort gepflegt. Komm' mit in die Burgstadt, erfreue dein Herz an Menschengesellung; denn dort kannst du nicht, wie sonst, einsam auf dem Schiffe liegen: auch auf den Singschwan werden viele Leute kommen, Handwerker und Kaufleute, und du würdest nicht allein sein unter deinen Sternen. Sollen wir nicht nach der grünen Insel steuern?«

Und Halfred nickte und freudig drehte Hartvik das Steuer scharf nach West.

Als sie aber die Türme von Thorulshalle im Morgenlicht aus den Wellen steigen sahen, ließ Halfred mit eigner Hand das Wasserboot herab, das auf den Steuerhochsitz festgebunden lag, und sprach:

»Wenn ihr euch erfreut habt an König Thoruls Hof und das Schiff versorgt, holt mich ab von jenem kleinen Felseneiland nach 20 Nächten.«

Und er nahm Pfeil und Bogen und Angelrute, sprang in das Boot und ruderte nach dem Holm.

Der Singschwan aber segelte weiter nach Westen.

Und Halfred landete auf der schmalen, felsigen Insel; er fand eine bequeme Bucht und zog das Boot ganz heraus auf den weißsandigen Strand.

Und wehte ihm da in der Luft etwas entgegen, das ihm fremd war und doch wohl bekannt: nur unter goldneren Sternen hatte er früher den Rausch solchen Duftes genossen.

Es lebt nämlich eine Blume, welche zart rötlich ist wie Mädchenwangen.

Rosa nennen sie die Lateiner, und duftet wie Kuss von reinen Mädchenlippen.

Und diese Blume hatten die Römerhelden, solange sie mächtig waren, auch in diesen Westlanden künstlich in Häusern und Gärten gepflegt.

Seit vieler Zeit aber waren die Römerhelden verschollen, die Säulenhäuser verlassen und verfallen, die Gärten verwildert.

Und verwildert war auch die mädchenfarbne Blume, welche man Rosa nennt, und war über alle Eilande verweht und hatte sie alle wuchernd überzogen.

Und atmete ein starker, berauschender Duft von ihnen her.

Auf jenen kleinen Eilanden und Holmen, welche um die große Westerinsel Hibernia liegen, waltet aber ein ganz milder Lufthauch: der Schnee bleibt dort zu Lande selten liegen und nur dünn und auf kurze Zeit gefrieren die Quellen.

Und die Singvögel, welche anderwärts vor dem Frost wichen, halten Winterrast in diesen Verstecken, wo Wiesen und Sträucher und Bäume grün bleiben auch in der schlimmsten Zeit.

Denn es regnet dort viel und feucht ist der Hauch der ringsum wogenden Seeflut.

Und die Heidenleute nennen deshalb jene Eilande »Baldurs Inseln«: denn Baldur heißt ihnen der Gott des Frühlingslichts.

Und als Halfred die Hügel am Strande hinaufschritt, war alles Unterholz und liebe Lenzgedorn in Vollblust: Weißdorn und Rotdorn, Schlehdorn und Hagedorn und die wilden Rosen.

Und auch die vielen edlen Fruchtbäume, welche die Römerhelden von Mittag und von Aufgang mitgebracht, standen in voller Blüte.

Und aus allen Büschen und Bäumen scholl ihm entgegen ein süßer Ton von dem grauen, braunen Singtierlein, welches die Lateiner Luscinia nennen, die Leute aus Grekaland Philomela, wir aber die Nachtigall.

Und Halfred schritt aufwärts und landeinwärts an der Seite eines raschen klaren Quellbachs, welcher unter lichtgrünem Gebüsch über weiße Kiesel daherschoss.

Er kam auf der Höhe in ein durchsichtig Gehölz von Erlen, jungen Buchen und schlanken weißen Birken; da flogen bunte breitflüglige Falter auf der stillen sonnigen Waldwiese über die schönsten Blumen hin. Tief im Hag rief die Walddrossel. Die Wipfel und schwanken Äste der Birken nickten und wogten.

Und da vernahm er, vom Morgenwind getragen, noch andern Laut als das Lied der Nachtsängerin, viel heller und zarter: es waren leis gerührte Saiten eines Harfenspiels, das aber viel lieblicher klang, als er je zuvor von sich oder andern Skalden hatte Harfe spielen hören.

Und hoch von oben, wie aus dem Himmel, schien der Ton zu kommen.

Halfred ging dem Klingen nach, es rief und lockte ihn mächtig.

Kein Laut hatte, seit seine Harfe im Sterben schrillend aufgeschrien, durch sein Ohr seine Seele erreicht: dieser Harfe Klang erweckte seine Seele: er glaubte, Elben oder Bragi, der Liedgott, harften da in den Lüften.

Er wollte den Spieler nicht verscheuchen, aber erlauschen; leise ging er dahin mit gewählten Schritten: das Waldgras verriet ihn nicht, denn es war weich, hoch und dicht.

Er war nun dem Laut ganz nahe gekommen: und doch sah er den Sänger noch immer nicht. Vorsichtig bog er das dichte Weißdorngebüsch auseinander und erblickte nun einen kleinen grünen Waldbühl: darauf standen im Kreise sechs Buchen: die siebente aber, die höchste, stand in der Mitte und überragte alle: und war da um diesen Stamm eine zierliche Wendeltreppe von weißem Holz gezimmert: und aus dem gleichen weißen Holz war ein leichtes Gerüst da eingefügt, wo die breiteren Äste der Buche auseinandergingen: Geländer und Brüstung des Gezimmers waren künstlich geschnitzt.

Und aus dieser luftigen Baumlaube hernieder kam der wunderbare Ton.

Noch näher schritt Halfred und lugte durch die Zweige und die Lücken des Gerüsts: sein Herz schlug stark – vor Staunen, vor Göttergrauen, vor Sehnsucht.

Da sah er den Spielmann. An der Brüstung lehnte ein Knabe, der war wundersam schön: so schön, sagte mir Halfred, wie er auf Erden niemals Schönheit geschaut: so schön wie die Elben sein sollen, an welche die Heidenleute glauben.

Er war ganz weiß: weiß war sein lang gezognes Antlitz, wie der Stein, welchen die Griechenleute Alabastron nennen: weiß war das faltige Gewand, das ihm vom Hals bis unter die Knie reichte, und weiß die Riemenschuhe an seinen Füßen.

Augen aber und Haar des Knaben waren wie Gold.

Und sagte mir Halfred, dass das Auge wie eines Adlers Auge goldbraun war: in dem lichten Haare jedoch, das ein gleichfarbig Netz statt eines Hutes zusammenhielt, spielte flutend sonnfarbner Glanz hin und her: als habe sich ein Sonnenstrahl darin verirrt und suche nun stets vergeblich den Ausgang.

Es harfte aber der Knabe auf einem kleinen dreieckigen Saitenspiel, wie es nur die Skalden auf Hibernia führen und spielte eine nie gehörte Weise.

Und spielte und sang so schön, wie Halfred noch niemals spielen und singen gehört: traurig und doch selig zugleich war die Weise, wie ein Schmerz der Sehnsucht, den aber das Herz um keine Lust der Erde hingeben würde.

Und Halfred sagte mir, zum ersten Mal seit jener Sonnwendnacht zog wieder warmer Hauch über seine Seele.

Und der schöne Knabe in der luftigen Laube ergriff ihm die Augen und das traurig selige, sehnende Lied ergriff ihm die Seele.

Und zum ersten Male seit vielen, vielen Jahren konnte seine Brust hoch aufatmen.

Und Tränen füllten ihm die Augen und frischten und heilten und verjüngten ihn, wie kühler Tau nach Sonnenbrand die Heide.

Und lauteten stets am Schlusse von zwei Zeilen die Worte des Liedes gleich klingend: und doch auch wieder nicht ganz gleich: als ob sich zwei Stimmen suchten im Hall und Widerhall.

Oder wie wenn Mann und Weib, eins und doch zwei, sich zusammenschließen im Kuss.

Der Knabe sang in der weichen, lispelnden, irischen Sprache, welche Halfred wohl kannte: aber jenen Gleichklang hatte er nie gehört, welcher viel ohrgefälliger klingt als die gleichanlautenden Stäbe der Skalden.

Und das Lied des Knaben klang:

Weiße Rose nickt an Zweigen
Sehnend durch die Maienluft:
»Sonnengott, dir bin ich eigen!
Wann wirst du dein Antlitz zeigen,
Aufzutrinken meinen Duft?
Wann wirst du mit heißem Grüßen
Zittern über meinem Blüh'n?
Komm, – und muss ich's sterbend büßen –
Lass in meinen Kelch den süßen
Gotteskuss hernieder glüh'n.«

Da schloss der Knabe Gesang und Spiel mit hell tönendem Vollklang der Saiten.

Und sowie er schwieg und die Harfe in die Zweige hing, siehe, da kamen von der nächsten Buche zwei schneeweiße Tauben geflogen: die setzten sich die eine zur Rechten, die andere zur Linken auf des Knaben Schultern, der lächelnd ihre Köpfchen streichelte und langsam, sinnend, mit edlem, fast etwas zagem Schritt die weiße Holztreppe herunter wandelte und nun auf den schönen blumenvollen Rasen der Waldwiese trat.

Halfred sorgte, der zarte Harfner möchte erschrecken, schritte er plötzlich aus dem Dickicht auf ihn zu.

Er rief ihn daher zuerst von Weitem und mit leiser Stimme an, langsam näher kommend:

»Heil, feiner Knabe! Bist du ein Sterblicher, sollen die Götter dir hold sein. Bist du aber selbst ein Gott oder, wie ich rate, der Lichtelben einer, so sei du mir Erdenmanne nicht unhold.«

Da wandte sich der Knabe langsam, ohne zu erschrecken oder nur zu erstaunen, auf ihn zu, der jetzt ganz nahe gekommen und sprach mit wohllaut-schwingender Stimme:

»Willkommen, Halfred. Bist du endlich kommen? Lang harr' ich dein.«

Und bot ihm beide Hände hin, den Blick der goldnen Augen bis in seine Seele tauchend.

Halfred aber wagte nicht, diese Hände zu berühren: er fühlte tief aus seines Wesens Grunde wohlige Wärme aufsteigen und durch Leib und Seele rieseln Schauer des Wohlgefallens, der Freude an höchster Schönheit: aber auch heiliges Grauen wie vor Götter- oder Geisternähe: denn er zweifelte nun vollends nicht mehr: ein Überirdischer stand vor ihm.

Fast versagten ihm Atem und Stimme, als er frug:

»Wer hat dir Halfreds Kommen und Namen verkündet?«

»Das Mondlicht.«

»So bist du also, wie ich gleich erkannte, der Lichtelben Fürst, dem Mond und Sterne Sprache sprechen. Sei mir hold, o lieblichster der Götter.«

Da lächelte der Knabe: »Ich bin ein Menschenkind gleich dir, Halfred. Tritt näher: fasse meine Hände.«

»Wer aber bist du, wenn du sterblich bist?«, fragte Halfred, immer noch zögernd.

»Thoril, König Thoruls elternverwaistes Enkelkind.«

»Und warum weilst du einsam hier, auf kleinem Eiland, wie verborgen, und nicht in König Thoruls Halle?«

»Ihm träumte dreimal, mir drohe Gefahr in dem Monat, da die Wildrosen blühen: ein fremdes Schiff, das in seiner Hafenburg lande, werde mich davonführen auf Nimmerwiedersehen.

Der Gefahr mich ganz sicher zu entziehen, sandte er mich hieher auf diese entlegene kleine Insel, an der wegen des Klippengürtels kein Meerschiff landen kann: nur Moëngal, sein alter Waffenträger, und dessen Weib, meine Amme, sind mit mir: dort in jenem kleinen Holzhaus hinter dem Buchenhügel wohnen wir. Aber solange die liebe Herrin leuchtet und die bunten Tagfalter über die Blumen fliegen, weile ich hier in lauschiger, luftiger Laube.«

»Aber, du Wunderknabe, wenn du wirklich ein Menschenkind, wie verriet dir mein Kommen, meinen Namen der Mond?«

»Ich soll nicht schlafen im Mondlicht, weil es mich hinauszieht und empor: vom Lager hebt es mich zwingend auf und zu sich hinan; mit geschlossenen Augen, sagen sie, wandl' ich dann dahin auf schmälstem Dachesfirst und weithin durch Wälder und Berge schaue ich was sich spät, was sich ferne begibt.

Sorgfältig hüten sie mich davor in der Königshalle; aber hier blickt der traute Mond frei durch die Ritzen unseres Hüttendachs.

Und da sah ich vor sieben Nächten ein Schiff mit Schwanenbug, das näher und näher herantrieb: auf dem Deck unter den Sternen lag schlummerlos ein dunkelbärtiger Mann mit mächtigem Antlitz: Halfred riefen ihn zwei Freunde.

Und immer näher flog der Segelschwan; als aber in einer Wolkennacht der Mond nicht auf mein Lager schien und mein Auge Schiff und Mann nicht sehen konnte, da ergriff mich Sehnsucht nach dem mächtigen Antlitz: und ich legte seither mein Pfühl und mein Haupt stets sorgsam unter den vollen Guss des Mondlichts: und Nacht für Nacht schaute ich wieder die hohe Stirn und die bleichen Schläfe.

Aber noch schöner und herrlicher bist du als dein Traumbild und niemals habe ich einen Mann gesehen deinesgleichen.«

»Du aber bist«, rief Halfred, des Sängers Hände beide fassend, »so frühlingschön wie Baldur, holder Knabe!

Nie hab' ich solchen Liebreiz noch geschaut an Jüngling oder Mädchen: wie Sonnenschein auf erstarrte Glieder, wie Chioswein durch durstende Kehle flutet deine Schönheit durch mein Auge tief mir in die Seele: du bist wie Amselruf und Waldesblume, wie Abendstern im Goldgewölk, bist wie das allerwundersamste Lied, das je aus Skaldenmund geklungen: selbst, so wie du lebst und wandelst, bist du eitel Dichtung.

O Thoril, goldner Knabe, wie bist du so hold! Wie hast du mein trauerkrankes Herz erquickt! O Thoril, geh nicht mehr von mir!

Greife nochmal in die Zauberharfe: erhebe noch einmal den süßen Gesang, der mir die Seele aus Todesschlaf geweckt.

O komm, lass mich das schwere Haupt auf deine Knie legen und in dein sonnig Wunderantlitz schauen, weil du die Harfe stimmst und spielst und singst.«

Und also taten die beiden.

Und zutraulich flog eine der beiden Tauben von Thorils Hand auf Halfreds breite Schulter und gurrte der andern Taube nickend zu.

Und als das Lied zu Ende war, fasste Halfred wieder des Knaben beide Hände und zog sie langsam, langsam über seine Stirne und seine feuchten Augen.

Und war das ganz wie in den heiligen Büchern der Juden zu lesen steht von dem König voll Gram und Schwermut, der nur beim Harfenspiel des Knabens Isais genas.

XII

Und währte das viele Tage: und auf Halfreds Stirne wichen die Falten und Furchen eine nach der andern. Und konnte wieder tief Atem holen mit voller Brust ohne zu seufzen.

Und er trug das Haupt wieder hoch empor gerichtet – wenn er es nicht gerade niederbeugte, dem Knaben in die goldnen Augen zu sehen, was er immer wieder und wieder tat.

Und solche Furcht hatte Halfred, Thoril wieder zu verlieren, dass er ihm den langen Tag nicht von der Seite wich: und weil Thorils Lager und Schlafraum so schmal waren, dass, wie er sagte, Halfred sie nicht teilen konnte, so legte sich dieser vor der Türe auf die Schwelle.

Und konnte zwar wieder nicht schlafen; aber jetzt, weil er voll Sehnen die Atemzüge des Schlummernden zählte. Und beim frühesten Morgengrauen schon pochte er Thoril aus Schlaf und Schlafgemach.

Und schien des Wunsches alte Gabe Halfred wieder gegeben, alle Herzen zu gewinnen: denn die beiden Pfleger des Knaben, die voll Misstrauen den fremden Mann an Thorils Hand auf ihre Hütte zuschreiten sahen – mit dem Speere war ihm der alte Moëngal entgegengefahren, – waren ihm alsbald hold und gewonnen, als er sie mit dem alten Wunsches-Lächeln bat: »Lasset mich genesen an Thorils goldnen Augen.«

Am dreißigsten Tage aber – die Zeit, da der Singschwan ihn holen sollte, war lange verstrichen, aber Halfred dachte nicht daran – zogen die beiden aus mit Angel und Netz, Fische zu fangen. Denn Moëngals Vorräte waren ausgegangen.

In der Mitte des Eilandes lag ein dunkler See zwischen hohen, steilen Felswänden. Aus dem See aber ging ein Flüsschen in das offene Meer. In einem kleinen Boote fuhr man auf dem See und auf dessen Ausfluss in das Meer. Und waren da viele edle Fische, die

man Silberlachs nennt, in dem See und in dem Fluss bis in die Salzflut hinein.

Und Halfred und Thoril fuhren den ganzen Morgen auf dem See
und legten Grundangeln und Netze.

Und als es gegen Mittag immer heißer und heißer auf sie nieder-
brannte, sagte Halfred:

»Komm hinweg von dieser schattenlosen Tiefe. Da oben auf dem
Felsenrande sehe ich eine silberne Quelle glitzernd niederstäuben, –
aus Wildrosen, aus Erlen bricht sie vor – da oben ist es kühl und schat-
tig. Leicht finden wir auch eine Grotte in dem Tuffstein: mich lüstet
nach frischem Quellwasser. Und dort oben zur Linken nicken dunkle
süße Beeren – die stillen den Durst und die jungen Knaben lieben
sie – lass uns hinaufklimmen: ich stütze dich gern.«

Und langsam stiegen sie die steilen Felshänge hinan: Thoril gestützt
bald, bald geführt von Halfred.

Da quoll ihnen auf dem halben Wege zur Quelle ein starker Duft
aus einem hohlen Lindenbaum entgegen, wie Wein, – es war aber wil-
der Honig, den Waldbienen hier zusammengetragen.

Und Thoril tauchte den Zeigefinger tief in das helle dichte Gezäh
und legte ihn auf Halfreds Lippen und lächelte ihn an und sprach:

»Nimm! Es ist viel süße!«

Und gar holdselig sah er aus.

Da rief Halfred:

»Solchen Honig haben, so sagen die Leute, die Götter auf meine
Lippen gelegt – versuch', ob es wahr ist.«

Und er fasste rasch Thorils Haupt, der sich zu ihm herniederbeugte,
mit beiden Händen und küsste ihn auf die schwellenden Lippen.

Da fuhren beide auseinander – heiß wie Glut durchschoss es Halfreds Leib – Thoril aber wandte das Antlitz leis erbebend ab und stieg
rascher den Fels hinan.

Halfred blieb stehen, tief Atem holend.

Dann folgte er.

»Sieh, Thoril«, rief Halfred haltmachend, »diese Höhle von den
Elben in den Fels gesprengt: die dichten Dornbüsche mit den dufti-
gen roten Blumen verdecken fast den Eingang: da sieh, dort hütet die
braune Nachtsängerin an ihrem Neste die schmale Pforte. Und wie

die Honigbienen darum schwärmen! Hier wollen wir im Herabsteigen eindringen und uns lagern, wenn wir getrunken da oben.«

Aber Thoril gab nicht Antwort und stieg rascher empor.

Noch etwa 50 Schritte hatten sie aufwärts zu klimmen bis an den Felsenrand, von welchem der Sturzquell silberstäubend herabdrang: Halfred fiel es auf, dass der Knabe fortan stets voranging, ihm den Rücken zuwendend, und, wenn er ihn im Klimmen stützen wollte, ohne umzusehen sich selber half.

Heiß brannte der Mittag auf die Felsen nieder; rings war tiefe Stille: nur blaue Fliegen schossen schwirrend durch den Sonnenduft und hoch aus den Lüften scholl manchmal der schrille Schrei des Wanderfalken, der mit gespannten Schwingen ob ihren Häuptern kreiste.

Sie waren aber nun so hoch gedrungen, dass sie weit über die kleine Insel hinweg nach drei Seiten hinter und neben sich das blaue Meer erschauten.

Das Meer aber schlang um die blühende Insel seinen dunkelstahlblauen Arm, wie gepanzerter Held um blühendes Weib.

Fern von Westen aber nahte ein weißes Segel. –

Endlich hatten sie die Höhe erreicht: Thoril stand oben hart an dem Wasserguss, wo kaum ein Paar Menschenfüße auf dem nassen, glatten, bröckeligen Gestein Stehraum fand.

Unter ihm, etwa fünf Fuß tiefer, hielt Halfred und sah zu ihm empor: »Gib mir zu trinken, mich dürstet sehr!«, rief er ihm zu.

Und Thoril zog aus seiner Fischertasche eine gewölbte silberglänzende Perlmuttermuschel. Er stellte sich auf die Zehenspitzen, füllte die Muschel randvoll und wandte sich, Halfred die Schale herabzureichen: da glitt sein Fuß von dem glatten Gestein: vergebens wollte er sich halten, die Arme ausspreitend an den nackten Felswänden, Halfred sah ihn gerade auf sich herabstürzen: weit breitete er die beiden starken Arme aus, die leichte Last auf sich zu nehmen: aber sieh! Welch Wunder! In dem raschen Fall war die Spange gebrochen, welche Thorils weißes Linnengewand über der Brust zusammenhielt: weit auseinander, über die Schultern herab, fiel das Gewand: zugleich fiel das Fischernetz, welches die goldenen Haare zusammenfasste: ein reicher Strom von flutendem Gelock ergoss sich über den schimmernden Nacken und die wogende Brust:

»Ein Weib bist du! Ein Mädchen!«, jubelte Halfred laut empor; »Dank euch, ihr Sterne! Ja, das ist Voll-Liebe!«

Und das schöne Mädchen barg die erglühenden Wangen an Halfreds Hals.

In wenigen Schritten hatte dieser mit seiner schlanken Bürde die Felshöhle wieder erreicht, an der sie beim Aufsteigen vorbeigekommen. Halfred bog die Zweige des wilden Rosenstrauches zurück. Die Nachtsängerin, welche dort, an ihrem Neste sitzend, sang, flog nur kurz auf: es ward gleich wieder so still in der schattigen Höhle, dass das Vögelein alsbald wieder zu Neste flog und den Eingang hütend laut und ununterbrochen sang und schmetterte.

Und die Bienen flogen summend um die wilden Rosen. – –

Und als die Abendsonne rotglühend über das Eiland schien, schritten Halfred und das Mädchen aus der Höhle.

Und war nun des Mädchens Antlitz noch unvergleichlich schöner denn zuvor.

Und trug sie das Haar nicht mehr im Netze, sondern frei wallend, dass es wie ein Mantel aus Sonnengold gesponnener Fäden vom Hals bis auf die Knie sie bedeckte.

Und statt der verlorenen Spange hielt ein kleiner Rosendornzweig mit einer aufgeblühten Rose das Gewand über ihrer Brust zusammen.

Und so schritten sie Hand in Hand zu dem See hernieder und dort holte Thora ihre dreieckige Harfe aus dem Boot und so wandelten sie entlang des Flüsschens, das aus dem See nach dem Meer eilte, hinab an die Bucht gen Westen.

Das Schiff aber, welches von Westen her auf die Insel gehalten hatte, war der Singschwan gewesen.

Jetzt lag er in geringer Entfernung in der Bucht vor Anker; hell leuchteten seine Segel im Abendlicht. Und das Schutboot fuhr von dem Schiff an den Strand, Halfred und das Wasserboot abzuholen, geführt von Hartvik und Eigil.

Und sprangen die Blutsbrüder an den Strand und staunten sehr, als sie Halfred Hand in Hand mit einem wunderschönen Weibe stehen sahen: stumm fragten ihre Blicke.

Halfred aber sprach, den Arm um das schlanke Mädchen schlingend:

»Diese ist Thora Goldauge, König Thoruls Tochter.

Sie ward hier vor mir verborgen und in Knabenkleider gehüllt, dass ich sie nicht finden sollte.

Aber ich habe sie doch gefunden: gegen Sternenlauf und Götterwillen: liebet sie wie mich selber: denn sie ist mein Weib.«

XIII

Und war das nun sehr wunderbar zu sehen, wie Halfred ein ganz anderer geworden war, seit er Thora gewonnen hatte.

Er legte den zerschlissenen Dunkelrock ab und kleidete sich in das kostbarste Königsgewand von Scharlach und reichem Gold, welches im Beutehort des Singschwans als ein Kleinod zuunterst lag.

Er trank den funkelnden Chioswein aus silbernen Schalen und eifrig trank er Thora Freyas Minne zu.

Er spielte viel auf ihrer Harfe und sang neue Lieder, viel schönere und heißere und mächtigere, nach einer Weise, die er erfand und »Thoras Stimmfall« nannte.

Und schien er ganz verjüngt: denn von seiner Stirne wichen die tiefen Furchen: die Augen, die er gesenkt getragen, als schaue er rückwärts oder in sich selbst hinein, schlug er nun leuchtend wieder auf: und um seinen Mund spielte wieder selig das Lächeln des Wunsches.

Und er wich Tag und Nacht nicht von seines jungen Weibes Seite: und ward nicht müde, ihr langes goldenes Haar zu streicheln oder ihr tief in die goldenen, selig schimmernden Augen zu sehen.

In der Nacht aber legte er sie oft auf seine Arme und hielt sie hoch empor: und zeigte sie schweigend den schweigenden Sternen.

Und hatte selbst das Steuer ergriffen, den Singschwan nach Süden zu wenden:

»Denn«, sprach er, »Thora soll die Inseln schauen, die seligen, im blauen Griechenmeer, auf welchen Marmorbilder, weiß und schlank gleich ihr, aus immergrünen Lorbeerbüschen lauschen.«

Und die Brandflecken der Schwanenflügel ließ er tilgen und Mast und Rahen mussten stets mit frischen Blumen begrenzt sein: denn Thora liebte die Blumen.

Das junge Weib aber hatte nur Augen für Halfred: sie sprach nicht viele Worte, aber unter süßem Lächeln flüsterte sie oft:

»Ja wahrlich, du bist des Himmels Sohn: Erdenmänner, wie ich sie sonst gesehen in meines Vaters Halle, mögen nicht so gewaltig sein und so weich zumal; du bist wie das Meer: ein furchtbarer unwiderstehlicher Gott und ein lieblich träumendes Kind zugleich.«

Und wenn sie dahinschwebte über das Schiff im ganz schneeweißen Gewände und mit dem goldig flutenden Haare, so hielten die Männer an den Schiffsbänken mit Rudern inne und Hartvik an seinem Steuer vergaß des Steuers zu achten und folgte ihren Schritten mit staunenden Augen.

Und wenn sie nahe ans Land fuhren und die Leute sie auf den Flügeln des Singschwans schweben sahen – wo sie am liebsten stand – so streuten sie ihr opfernd Blumen: denn sie glaubten, Frigg oder Freya komme zu Gastbesuch herangesegelt.

Und sagte mir Halfred, dass sie schöner wurde von Tag zu Tag.

Und ging das so wohl vier mal sieben Nächte.

Und war Halfred so berauscht und versunken in Thora, dass er gar nicht darauf achtete, was unter dem Schiffsvolk brütete und was seine Blutsbrüder, die sich seitab von ihm hielten, zusammen raunten. Er hörte nur einmal, wie ihm später einfiel, dass Hartvik zu Gigil flüsterte: »Nein, sage ich dir! Niemals tut er es selbst und in Güte. Auch dem Kranken muss der Arzt mit Gewalt die Wunde ausbrennen.«

Er achtete nicht auf diese Worte und verstand sie nicht.

Bald darauf aber verstand er sie.

In einer hellen Mondnacht hatten Halfred und Thora bereits in ihrer Kammer im Zwischendeck, wohin eine schmale Luke und Treppe abwärts führte, das Lager gesucht: und Thora war entschlummert. Bevor aber Halfred einschlief, war es ihm, als spüre er deutlich den Singschwan, zwar sehr langsam, aber doch unverkennbar wenden: er ächzte wie widerstrebend unter dem Druck des Steuers; auch glaubte er, viele Tritte auf Deck zu hören durch die offene Luke, flüsternde Stimmen und hin und wieder klirrende Waffen: unwillkürlich blickte er zu Häupten des Lagers, wo sein Hammer schützend über dem Brautpfühl hing: die Öse war leer, der Hammer fehlte. Rasch, aber leise, die Schlummernde nicht zu wecken, sprang er die schmale Treppe hinauf: er kam gerade noch recht: eben waren Hartvik und Eigil daran, das schwere Fallbrett, das mit einem Riegel über die Luke zu schieben war, darüber zu ziehen und so das Paar im Zwischendeck einzuschließen: da stand Halfred schon mit dem rechten Fuß auf Deck, mit dem linken auf der ersten Treppenstufe: Hartvik und Eigil sprangen vom Boden auf und wichen etwas zurück, Hartvik stützte sich auf Halfreds Hammer; das Schiffsvolk stand in Waffen im Halbkreis hinter ihm: auch das Steuer war von Bewaffneten besetzt und hatte gewendet: das Schiff ging nicht mehr nach Südost, es hielt nach Westnordwest und die Segel waren halb gerefft.

»Was schafft ihr da, meine Blutsbrüder«, sprach Halfred leise – denn er dachte Thoras, – und immer erstaunt noch mehr als erzürnt »raset ihr oder seid ihr untreu geworden?«

Eine Weile schwiegen alle, erschreckt durch Halfreds plötzliches Erscheinen, den sie im tiefsten Schlaf an Thoras Seite wähnten. Aber Hartvik fasste sich und sprach:

»Nicht wir sind rasend und treulos geworden, aber du, unser unseliger Bruder, unter Elbenzauber. Wir wollten vollführen, was geschehen muss, ohne dass du's hindern konntest: du solltest das Deck erst wieder betreten, wenn du, dir zum Heile, gegen deinen Willen, gerettet warst.

Nun du aber zu früh dazugekommen, erfahre, was wir, deine Blutsbrüder, und die meisten hier an Bord im versammelten Schiffsrat gestern Nacht beschlossen, dir zum Heil beschlossen, wenn auch manche widersprachen und dich erst fragen wollten. Füge dich drein in Güte: denn unabwendbar ist's wie Sternengang. Und ob du auch sehr stark bist, Halfred Hamundssohn, bedenke, du bist ohne Waffen und wir sind 70.« –

Halfred schwieg: mächtig schwoll ihm die Zornesader, aber er dachte Thoras: »Sie schläft«, flüsterte er, »sagt leise, was ihr zu sagen habt: ich höre.«

»Halfred, unser lieber Blutsbruder«, fuhr Hartvik leiser fort, »du liegst zaubersiech in eines Weibes Banden, die – ich will sie wahrlich nicht schelten, denn ich liebe sie viel heißer als mein eigen Herzblut – was immer sie sein mag – ein Erdenweib ist sie unzweifelhaft nicht!

Hier waltet einer der stärksten Zauber, die je gezaubert worden und je Mannessinn betört.

Nicht schmähe ich sie darum, wie manche tun unter den Segelbrüdern.

Sie kann nicht anders: es ist ihr Wesen so.

Sie ist wohl ein Elbenweib oder wie sonst die Iren ihre weißen Halbgöttinnen nennen.

In alten Sagen ist's erzählt: es gibt solche Weiberwesen, welche, sie wollen oder nicht, wohin sie kommen, aller Männer Augen und Herzen berücken; in Herjadal lebte eine solche vor 70 Jahren: und ward nicht eher Ruhe im Lande, bis man ihr einen Mühlstein um den Hals gehängt und sie versenkt hatte, wo der Fjord am tiefsten war.

Dass aber dieses Weib kein Erdenweib, sieht jeder, der ihr einmal nur in das weiße Antlitz sah, durch das alle Adern bläulich schimmern, und in das elfisch leuchtende Goldauge: dazu braucht einer nicht erst gesehen zu haben, was manche unter uns gesehen, wie sie neulich in der Vollmondnacht unhörbar sich von deiner Seite hob und heraufschwebte auf Deck und mit geschlossenen Augen auf den schmalsten Flügelfedern des Singschwans auf und nieder tanzte wie Elben auf Mondenstrahlen. Und als der Mond wieder hinter Wolken ging, glitt sie ebenso leise hinab zu dir.

Aber das ist das Geringste ihrer Wunder.

Nicht bloß dich hat ihr Reiz berückt: verwirrt hat sie die Segelbrüder alle, dass sie Pflicht und Ruder vergessen, ihr nachzuschauen, wie sie schwebt.

Ja, unter uns Blutsfreunden selbst hat sie furchtbare, unheimliche Gedanken entzündet gegen dich und gegen einander: ich, der ich der Weiber nie geachtet und Eigil, der nie eines anderen Weibes gedacht als meiner verbrannten Schwester, wir haben uns offen und treuherzig neulich Nacht gestanden, wie uns das schweigende weiße Mädchenweib die Sinne so wild verrückt hat, dass jeder von uns schon dir den Tod gewünscht, ja selbst den Tod gesonnen, um dann die Goldgelockte zu gewinnen.

Und als wir uns beide den gleichen Gedanken gestanden, schämten wir uns.

Und sannen doch zugleich einer dem andern den Tod!

Das muss ein Ende nehmen!

Es soll nicht dies schlanke gleißende Weib Männer zu Mördern machen in ihren Gedanken, die Feuer und Blut miteinander geteilt.

61

Nicht über Bord wollen wir sie werfen, wie manche der Segelbrüder geraten aus Geisterfurcht – was hülfe es auch: sie schwämme wie
eine Silbermöwe auf den Spitzen der Wellen! – aber zurückführen
wollen wir sie auf das einsame Eiland, wo kein Männerauge sie schaut
und wohin sie wohl weise Götter gebannt. Wir alle wollen genesen
und keiner soll haben, was jeder begehrt.«

Furchtbar pochte die Zornesader an Halfreds Schläfe: »Dem ersten«, sprach er ganz leise aus knirschenden Zähnen, »dem ersten, der
eine Hand, ja nur den Blick nach ihr erhebt, dem reiß' ich das freche
Herz aus lebendem Leib.«

Und er trat auch mit dem linken Fuß empor auf das Deck, sodass er
ganz die Luke füllte.

Und so furchtbar drohend war sein Antlitz zu schauen, dass Hartvik
und alle die Gewaffneten zwei Schritte zurückwichen.

Aber Eigil trat wieder einen Schritt vor und hob an mit lauterer
Stimme als Hartvik geführt hatte:

»Halfred, gib nach, wir haben's geschworen! Wir werden dich
zwingen.«

»Ihr mich zwingen?«, rief auch Halfred jetzt mit stärkerer Stimme,
»Meutrer und Empörer an Singschwansbord! Was sagt der Wikin-
ga-Balk? Dem Hund gleich soll hängen am Hals an der Hauptrah, wer
heimlich dem Schiffsherrn verhetzt den Gehorsam!«

»Dem Schiffsherrn ja, wenn nicht Wahnsinn ihn wirrt«, schrie
Eigil dagegen.

»Darfst du vom Rechte reden, Halfred Hamundssohn?

Nur weil Wahnsinn und Zauber dich entschuldigen, haben wir
nicht längst unser Recht gebraucht gegen dich, der du jedwedes Wort
und Band des Rechts gebrochen. Wir heischen *unser* Recht! Du aber
hast kein Recht auf jenes Weib.

Hast du vergessen, eidbrüchiger Mann, jener blutigen Sonnwendnacht am Hamund-Fjord? Davon hast du ihr wohl nicht geredet, als du
wie ein liebesiecher Knabe um diese schlanke Zauberin gefreit.

Du hast es vergessen: aber der Seefahrer, der an jener Stätte vorü-
berfährt, der schaut mit Grausen den ungeheuren schwarzen Heklastein, der da ein ungeheures Schicksal verbergen soll und decken einen
ungeheuren Fluch. Aber so groß und schwer er ist – er kann es nicht

niederbergen: aufsteigen racheheischend die Schatten der viel Hundert Toten, die dort ruhen um deine Schuld und denen du Pflicht und Schwur gebrochen.

Denn wie hast du geeidet in jener Nacht?: ›Abschwöre ich hier um des grausen Unheils willen, das ich heraufgeführt über Weib und Kind und viele Hundert Freunde und Fremde, abschwör' ich für immer dem Glück und der Freude, dem Sang, dem Frohtrunk, der Weibesliebe. Den Toten nur, den um meine Schuld Erschlagenen, mit deren Asche ich mich hier auf diesem Grabhügel bedeckt, gehör ich an und unter den Lebenden, meinen treuen Blutsbrüdern. Und breche ich dies schwurheilige Gelübde, ganz soll Frau Harthilds Fluch sich vollenden.‹, – Aber du scheust nicht mehr Götter und Menschen: nicht uns mehr, deine Blutsbrüder, die zu dir gestanden bis in den Tod, die dir Treue gehalten gegen die eigenen Sippen, die dein Haupt geschützt gegen König Hartsteins Schwert, als du wehrlos wie ein Kind in unsern Knien lagst, die wir unsere nächsten Gesippen für dich erschlagen, die wir Schwester und Geliebte dir verziehen.

Auch sie selbst, deren üppige Lippen dir das Vergessen in die Stirne geküsst, auch sie selbst hat deine Selbstsucht mit vergessen: denn du wirst sie verderben: so gewiss die Götter Flüche vernehmen und Eidbrüche strafen.

Du hast der Weißarmigen wohl nie erzählt, welch' furchtbaren Fluch du mit jedem Kuss näher und näher heranziehst auf ihr Haupt.«

»Schweig! Rabe«, rief Halfred drohend, in Grauen und Zorn erbleichend.

Aber Eigil fuhr fort: »Wer weiß, ob die goldenen Augen sich nicht schaudernd von dir wendeten, wüssten sie, dass auf deinem Haupte lastet der Fluch des durch dich verbrannten Eheweibes, des ungeboren gemordeten Sohnes! Und du hast sie ausgesetzt wie dich selber dem grimmigsten Wort: – es wird sich erfüllen, denn unfehlbar ist so todgrimmiger Hass:

Fluch über deine stolzen Gedanken – Wahnsinn soll sie schlagen!

Fluch über deine falschen Augen – Blindheit soll sie treffen!

Fluch über deine lügenden Lippen – sie sollen verlechzen und nie mehr lächeln!

Doch zwiefacher Fluch soll euch beide zerfleischen, wenn Weibesliebe du wieder gewinnst. In Irrsinn und Siechtum soll sie verderben, die du mehr als deine Seele liebst.«

Da scholl ein leises Ächzen seelenzerschneidend aus der Lukenöffnung.

»Du hier?«, rief Eigil und starrte.

Halfred wandte sich: da stand hinter ihm Thora, nicht weiß wie sonst, sondern hochrot erglühenden Hauptes, wie eine Mohnblume: die Augen wirr nach oben gegen den Mond und die Sterne gerichtet; beide Arme hob sie plötzlich hoch empor, als wollte sie einen furchtbaren Streich aus den Wolken von Halfreds Haupt abwenden – dann nochmal ein leises, aber markdurchdringendes Ächzen: und nun fiel sie nach vorwärts auf das Antlitz wie eine gemähte Blume: Blut floss von ihrem Munde: rasch wollte Halfred sie erheben, aber leblos hing die leichte Gestalt in seinen Armen. »Tot?«, schrie Halfred, »gemordet? Und ihr habt sie gemordet?«

Er ließ die Eiskalte gleiten, entriss, in gewaltigem Satz vorspringend, Hartvik seinen Hammer und weit ausholend traf er mit einem einzigen Streich seines Armes zerschmetternd seiner beiden Blutsbrüder Häupter, dass Hirn, Blut und Schädelknochen umherspritzten.

Und auf diese Tat begann an Bord des Singschwans ein Morden, ähnlich dem in der Sonnwendnacht: nur viel kürzer währte es: denn es waren weniger zu erschlagen.

Halfred war, als sei ihm die Schläfenader gesprungen: er fühlte statt Gehirns nur siedendes Blut in dem Haupt, er schmeckte Blut im Munde, er sah nur rotes Blut vor Augen; ohne Wahl, ohne zu fragen, wer für ihn sei oder wider ihn, sprang er in den dichtesten Haufen der Gewaffneten, fasste Mann für Mann mit der Linken an der Gurgel und zerschlug ihnen mit der Breitseite des Hammers den Schädel.

Er achtete gar nicht darauf, dass eine Handvoll Leute zu ihm standen; er merkte nicht die zahlreichen Wunden, welche er an Armen und im Gesicht und an den Händen im Nahekampf von den Verzweifelten empfing; er raste fort, und mordete, bis alle, die er vor sich gesehen, stumm und tot auf Deck lagen: da wandte er sich, hoch den Hammer schwingend, und schrie:

»Wer atmet noch außer Halfred auf dem Fluchschiff?«

Da sah er, dass etwa sechs Männer noch, von denen, die zu ihm geholfen hatten, hinter ihm knieten: sie hielten im Halbkreis Thoras Leib mit ihren Schilden umringt und hatten manchen Speerwurf abgewendet, der der Leiche der weißen Walandin gegolten: Halfred erkannte das.

»Steht auf«, sagte er, mit dem linken Arm sich Blut und Schweiß von der Stirne und weißen Schaum vom Munde wischend.

Er steckte den blutigen Hammer in den Gürtel und kniete neben Thora, ihr Antlitz, das bleicher geworden als je zuvor, an seine Brust schmiegend.

»Es war zu viel auf einmal zu hören und zu tragen. Dieses Fluches furchtbare Hagelkörner haben die weiße Rose zu schwer getroffen.«

Da schlug sie die Augen auf und hauchte: »Nicht um mich, nur um dich hat mich der Fluch, der grauenhafte, erschreckt.«

»Sie lebt! Sie lebt! Dank euch, ihr gütigen Götter«, jubelte Halfred auf. »Sie konnte ja auch nicht sterben um fremde Schuld! Sie muss genesen, so wahr als Götter leben. Erläge Thora um meine, um anderer Menschen Schuld, mit diesem Hammer müsst' ich alle Götter erschlagen.«

Und zärtlich und leise wie eine Mutter das kranke Kind hob der gewaltige Mann das junge Weib auf seine beiden Arme und trug sie, sacht auftretend, die Stufen hinab.

Aber noch einmal bevor sie das Deck verließ, schlug Thora die Augen auf: sie sah Halfred über und über mit Blut befleckt: sie erkannte an Rüstung und Gewand Hartviks und Eigils Leichen mit furchtbar zerschmetterten Häuptern: sie sah das ganze Deck mit Toten besät: sie sah, dass nur sehr wenige noch übrig waren von dem Schiffsvolk und schaudernd, zusammenzuckend, schloss sie wieder die Augen.

XIV

Halfred aber kniete Tag und Nacht neben ihrem Lager: er hielt ihre
matte Hand, er lauschte auf ihren schwachen Atem: er küsste von
ihrem Munde die leisen Tropfen Blutes, die manchmal daraus quollen.

Er hatte das Brett, welches die Lücke schloss, mit herab genommen ins Zwischendeck; Himmel und Sterne leuchteten bis auf Thoras
Pfühl.

Wenn der Tag schlimm gewesen und viel des Bluts entquollen war
und sie entschlief mit sinkender Nacht – dann stieg er wohl ein paar
Stufen hinauf, zog den Hammer aus dem Gürtel und drohte gegen die
Sterne hinan mit furchtbaren Worten:

»Lasst ihr sie sterben um fremde Schuld, dann weh euch ihr Götter,
weh allem was lebt!« –

Hatte sich aber die Kranke gekräftigt und ihm freundlich beruhi-
gend zugelächelt, dann stieg derselbe grimmige Mann empor aufs
Deck, kniete nieder und rief mit ausgebreiteten Armen in tränener-
stickter Stimme:

»Dank, Dank euch, ihr guten Götter! Ich wusst' es ja, dass ihr lebt
und gerecht waltet und sie nicht sterben lasst um fremde Schuld.«

Und schwankte der Tag zwischen Gutem und Bösem, zwischen
Furcht und Hoffnung auf und nieder, dann durchmaß er das enge
Gemach mit hastigen Schritten und murmelte unaufhörlich:

»Sind Götter? Sind Götter? Sind gütige Götter?«

Und er glaubte, Thora hörte das nicht, weil sie schlafe.

Aber sie lag oft wach, mit geschlossenen Augen, und vernahm alles
und es quälte sie sehr im Wachen und Träumen.

Und Halfred erzählte ihr auf ihr stummes Bitten nun alles von Frau
Harthild und von dem Fluch und wie alles gewesen.

Als er geschlossen, lispelte sie schauernd: »Viel hat sich erfüllt!
Wenn sich noch mehr erfüllte – armer Halfred!« –

Aber es schien besser zu werden mit Thora.

Und Halfred beschloss, sie demnächst emporzutragen auf Deck, dass sie frische Luft atme und die Schönheit von Meer und Himmel wieder schaue.

Und ließ das Deck sorgsam reinigen von allen Spuren des grausen Kampfes und gebot den Schiffsleuten, den Tag vorher an einem Strand anzulaufen, welcher voll Sommerblumen lachte und befahl einen ganzen Berg von Blumen, wie er sagte, auf das Schiff zu schaffen: denn auf einen Blumenhügel wollte er sie betten.

Und die Männer gehorchten und war das ganze Deck mit Blumen bestreut so dicht, dass nirgend ein Stück des Holzes sichtbar war.

Und hart am Mast erhob sich ein schwellend Pfühl von duftigem lockerem Waldgras und allen schönsten Waldblumen, so hoch, dass es Halfred bis an die Brust reichte.

Darüber spreitete er einen weichen, weißlinnenen Mantel und legte die Schweratmende darauf.

Und wieder wurde es Vollmond, wie in jener Nacht des Kampfes auf dem Schiff: aber es jagte noch viel zerrissen Gewölk an dem Himmel: die segelnde Scheibe des Mondes war nicht durchgedrungen.

Und es war Sonnwendnacht: – die erste, welche Halfred nicht an dem schwarzen Heklastein auf Island verbrachte.

Thora war eingeschlafen auf ihren Blumen.

Halfred hatte sie mit dem eignen Mantel zugedeckt. Und er saß hart an dem Blumenberg und sah auf das edle, bleiche, ganz blutlose Gesicht und sah dann wieder still vor sich hin.

»Ihr habt's doch wohl gemacht, ihr Gütevollen da oben in den Sternen. Ihr habt's vergolten, dass ich niemals ganz an euch gezweifelt. Ich will auch nicht wieder mit euch rechten, weshalb ihr mir das zweite Furchtbare bereitet: dass ich meine lieben Blutsbrüder erschlagen musste und so viele von den Schiffsgenossen.

Weil ihr nur diese Wunderblüte gerettet habt und nicht habt schuldlos verderben lassen um fremde Schuld, ewig will ich euch danken!

Und ein Dankeslied will ich euch dichten ihr Gütigen, Gnadevollen, wie es noch nie erklungen ist zu eurem Lobe! Dank euch, ihr gütigen Götter!«

Und solches sinnend schlief er ein; denn viele, viele Nächte hatte er gar nicht mehr geschlafen.

Da weckte ihn ein durchdringender Ruf, der aus den Sternen zu dringen schien: »Halfred!«, schlug es an sein Ohr hoch von oben her.

Er fuhr empor aus dem Schlaf und sah aufwärts: da schaute er, was ihn mit Entsetzen erfüllte: der volle Mond hatte während seines Schlafes die Wolken zerteilt und mit aller Macht auf Thoras Antlitz geleuchtet: jetzt sah Halfred sie hoch auf der schmalen Mittelrah des Mastes schwebend stehen, viele, viele Ellen ober seinem Haupte.

Wie ein weißer Geist glänzte sie im Mondlicht: ihre weit geöffneten Augen blickten hinaus in die Zukunft: die Linke drückte sie auf die Brust, mit der Rechten griff sie wie abwehrend in die Nacht hinaus: sie hielt sich nicht fest auf der schwindelnd hohen schmalen Rahenstange, auf der sonst nur die Silbermöwe schaukelnd rastete. Und stand doch sicher aufrecht: aber auf ihrem Antlitz lag verzweifeltes Weh.

»O Halfred«, klagte sie mit einer leisen Stimme von herzzerreißender Angst, – »o Halfred, wie siehst du so wirr – wie furchtbar verwildert Haar und Bart– ach wie rollt dein Auge – und halb nackt – wie ein Berserker – in zottiger Wolfsschur! – Und wie bist du ganz mit unschuldiger Menschen Blut bedeckt! – Und was bedrohst du den Hirten in blondem Gelock, den freudigen Knaben? Hab' Acht, Hab' Acht vor der Schleuder – hüte dich – wende das Haupt – es saust die Schleuder – es fliegt der Stein – o Halfred! Dein Auge!« –

Und sie griff, weit vorbeugend, wie schirmend, mit beiden Armen in die Luft: sie musste nun stürzen, so schien es.

»Falle nicht, Thora!«, rief Halfred empor.

Da, pfeilschnell, wie vom Blitz heruntergeschmettert, stürzte sie, hell aufschreiend, herab von dem schwindelhohen Mast.

Die weiße Stirn schlug auf das Deck – in Blut schwamm ihr Haupt und das goldne Gelock.

»Thora, Thora!«, rief Halfred und hob sie empor und suchte ihr Auge: da fiel er sinnlos mit ihr auf sein Antlitz in die Blumen – denn sie war tot. – –

XV

Als Halfred sich wieder erhob, – er hatte schon lange vorher die Besinnung wieder gefunden, aber nicht die Kraft aufzustehen – neigte sich die Sonne zum Niedergang.

Er rief den sechs Schiffsgenossen, welche sich scheu am Steuer und im Zwischendeck gehalten hatten, und sprach, und seine Stimme, sagte er mir selber, klang ihm fremd wie die eines andern.

»Sie ist tot. Tot um fremde Schuld.

Es sind keine Götter.

Ich müsste ihnen allen, Kopf für Kopf, mit diesem Hammer das Hirn zerschlagen.

Die ganze Welt, Himmel und Meer und Erde und Hela müsste ich verbrennen in zehrendem Feuer.

Nichts sollte mehr sein, da Thora nicht mehr ist.

Die Welt kann ich nicht zerstören.

Aber das Schiff und alles was darauf ist, verbrenne ich, ein großer Leichenbrand für Thora.

Tut, was ich euch sage!«

Und er bettete mit zärtlichen Händen die tote Thora in den Blumenberg, dass man fast nichts von ihrem Leib und Gewande sah.

Und auf sein Gebot mussten die sechs Männer alle Waffen, Kleinode, Kleider und Geräte aus dem Hort des Singschwans von dem Schiffsbauch empor auf Deck tragen.

Und häufte sie Halfred alle rings um den Mast auf den Blumenberg: und Purpurkleider, Linnentücher, Seidengewebe, Goldgeschirre, weiche Polster türmte er ringsumher.

Dann übergoss er alles mit Schiffsteer und bedeckte es mit trockenem, dürrem Reisig und mit Spänen aus der Küche.

Und befahl alle Segel aufzuhissen: – es ging aber ein starker warmer Südwind.

Dann stieg er auf den Steuerhochsitz und überschaute alles.

Und er nickte mit dem Kopf wohlzufrieden.

Und er stieg hinab, einen Feuerbrand aus der Küche zu holen.

Als er wieder heraufkam, fand er von den Segelbrüdern die beiden Schiffsboote, das Wasserboot und das Schutboot, herabgelassen: sie schwankten links und rechts an den Bootseilen neben dem Singschwan.

»Eile, o Herr«, rief ihm einer der Seeleute zu, »sowie du die Fackel geworfen, in ein Boot zu springen: denn rasch wird bei diesem Föhn der Singschwan auflodern und leicht könnte der Brand auch die Boote ergreifen und dich und uns alle verderben.«

Halfred sah mit großen Augen auf den Mann.

»Leben wollt ihr noch, nachdem ihr dies geschaut?

Leben, meint ihr, soll ich, ohne Thora, nachdem die Schuldlose um fremde, um meine Schuld gestorben!

Nein, gleich mir sollt ihr alle auf diesem Schiffe verbrennen, ein geringer Totenbrand wahrlich für Thora!«

»Du sollst nicht uns Schuldlose verderben. Scheue die Götter!«, rief der Mann und sprang auf Halfred zu, ihm den Feuerbrand zu entreißen.

Aber mit furchtbarem Faustschlag schmetterte ihn Halfred zu Boden.

Grell lachte er auf und schrie: »Götter! Wer wagt es noch, an Götter zu glauben, nachdem Thora schuldlos starb?

Es sind keine Götter! Sag' ich euch.

Wären sie, ich müsste sie alle erschlagen.

Und erschlagen will ich als meinen Todfeind, wer noch an Götter zu glauben bekennt.«

Wütend schwang er den Brand mit der Linken, den Hammer mit der Rechten und rief den zagenden Schiffsleuten zu:

»Wählet: glaubt ihr, dass Götter sind, so schlag' ich euch nieder wie diesen vorlauten Gesellen!

Schwört ihr aber die Götter ab, so mögt ihr leben und hingehen und überall bezeugen, dass keine Götter sind!

Sind Götter?«, schrie der Rasende, hart vor die Erschrockenen tretend.

»Nein, o Herr, es sind keine Götter!«, riefen die Männer und warfen sich auf die Knie.

»So geht, und lasst mich allein gewähren!«

Zögernd stiegen die Schiffsleute die Strickleiter hinab in das Schutboot zur Linken.

Halfred aber steckte den Hammer in den Gürtel und schritt eilenden Fußes hierhin und dorthin auf dem Deck und steckte Mast und Segel und Purpurkleider und Schnitzwerk und den Hals des Schwanenbildes in Brand; klagend zog noch einmal der Wind durch die gewölbten Flügel des Schwans.

Der starke Süd blies sausend in die flackernden Flammen, rasch stand das Schiff auf allen Seiten in lodernder Glut. Die Segel flogen wie feurige Flügel um den Mast.

Schweigend, die Arme verschränkt, saß Halfred auf dem Steuersitz, die Augen starr nur auf den Blumenberg gerichtet.

Pfeilschnell ging das brennende Schiff vor dem Winde: das Feuer hatte das trockne Waldgras rasch verzehrt und Thoras Leib und Antlitz ward voll sichtbar: da sah Halfred noch, wie die Flamme sengend Thoras langes, wallendes Goldhaar ergriff – »das war das Letzte«, sagte er mir, »was ich sah auf lange Zeit!« –

In ungeheurem Schmerz sprang er auf und rannte entlang dem ganzen brennenden Schiff mitten durch die Lohe auf Thora zu: er sprang in den Blumenberg, die Leiche zu umschlingen.

Da fühlte er einen furchtbaren Schlag auf das Haupt und das linke Auge: der halbverbrannte Mast schlug schmetternd auf ihn nieder: er stürzte in die Blumen und in die Flammen auf das Antlitz und Nacht umfing sein Auge.

71

XVI

Da Halfred wieder erwachte, lag er auf dem Boden eines kleinen Bootes, das im offnen Meere trieb.

Sein Hammer lag zu seiner Rechten: ein Krug Wasser stand zu seiner Linken: zwei Ruder lehnten am Hintergransen.

Halfred sprang auf, um sich zu sehen.

Da erkannte er, dass er alle Dinge zu seiner Linken nur schwer sehen konnte: er langte nach seinem linken Auge und griff in eine blutende Höhle: ein Splitter des Mastes hatte es ihm ausgeschlagen: auch bohrte ein stechender Schmerz durch sein Gehirn, der ihn, sagte er, nicht mehr verließ, solange er lebte.

Er sah auf seinen Leib: in Fetzen hingen die zu Zunder verbrannten Kleider um ihn her. Ganz in der Ferne sah er ein Fahrzeug, das er als das Schutboot des Singschwans erkannte.

Der Singschwan selbst war verschwunden: aber im Süden lag eine Wolke von Qualm und Rauch über der See.

Das Boot, in dem Halfred stand, erkannte er als das Wasserboot des Singschwans: offenbar hatten die Segelbrüder den Halbtoten aus dem brennenden Schiff getragen und geborgen: sie hatten ihn den Göttern überlassen, die er leugnete und die sie glaubten, ob sie retten wollten oder verderben. Aber gemein wollten sie nichts mehr haben mit dem Mann, den der schwerste Fluch getroffen, der Irrsinn.

Denn irrsinnig war Halfred von Stund an, da er in die Flammen sprang und ihn der Mastbaum traf, bis kurz vor seinem Tode.

Daher konnte er mir auch nur wenig berichten von allem, was in der Zwischenzeit mit ihm oder durch ihn geschehen.

Was er mir aber sagte, will ich hier getreulich niederschreiben.

Es müssen aber viele, viele Jahre ihm in solchem Irregang verstrichen sein.

Er sagte mir darüber, dass er nur noch vor Augen sah: wie Thora von dem Mastbaum stürzte und wie dann die Flammen ihr Haupt und Haar ergriffen.

Und dass er nur noch einen einzigen Gedanken denken konnte: »Es sind keine Götter! Wären Götter, müsst' ich sie erschlagen.

So muss ich alle Menschen erschlagen, welche an Götter glauben; denn ausgetilgt soll auf der Erde Name und Gedächtnis sein der Götter.«

Und wollte er nicht sterben, bis er den letzten Mann erschlagen, der noch an Götter glaubte.

Und so fuhr er überall auf seinem kleinen Schifflein umher, landete an Buchten und auf Eilanden, lebte vom Wild, das er erjagte oder von Haustieren, die er auf dem Felde fand, von Wurzeln und wilden Beeren des Waldes, von Eiern der Seevögel und Muscheln der Düne.

Und oft gingen die Sturmwogen hoch über sein Boot und zerbrachen dessen Planken: aber es sank nicht und er ertrank nicht.

Und eines Tages sah er, dass er völlig nackt war: die letzten Zunderfetzen waren ihm abgefallen: ihn fror; und als er im Wald einen Wolf traf, lief er ihm so lange nach, bis er ihn einholte, erschlug ihn mit seinem Hammer, zog ihm das Fell ab und schlang es sich um die Hüften.

Und so wandelte und fuhr er halbnackt im ganzen Nordland umher: und niemand erkannte in dem irrsinnigen Berserker den Halfred Sigskald, den Sohn des Wunsches.

Und er sagte mir, wenn er auf Menschen stieß, waren ihrer viele oder wenige, so sprang er auf sie zu und rief sie fragend an: »Sind Götter?«

Und wenn sie sagten: »Ja«, oder, wie die meisten taten, gar keine Antwort gaben, so schlug er sie tot mit seinem Hammer; sagten sie aber: »Nein«, wie auch viele taten – denn es war schon im ganzen Norden ruchtbar geworden, dass ein nackter Riese mit dieser Frage durch die Länder ging, den die Leute »Götterdämmerer« nannten – oder ergriffen sie die Flucht, so ließ er sie leben.

Und oft gaben ihm die Bauern und die Weiber aus Furcht Brot und Milch und andere Speise.

Aber es verbanden sich wohl auch viele Gehöfte, gegen ihn auszuziehen und ihn zu erlegen wie ein Untier: aber sie konnten nicht standhalten vor der Wut und Kraft des Wahnsinnigen. Er erschlug die Kühnen: die Feigen flohen.

Er schlief fast gar nicht des Nachts: deshalb konnten sie ihn auch im Schlafe nicht überfallen.

Als er einstmals in der Scheune eines Bauern übernachtete, der vorher mit all' den Seinen die Götter abgeschworen hatte, versperrten die Hofleute von außen mit mächtigen Balken die strohgefüllte Scheune und zündeten sie an; Halfred aber warf das Dach herunter, sprang durch die Flammen und die Pfeile, die an seinem Leibe nicht haften wollten, und schlug sie alle tot mit seinem Hammer.

Und währte dies Irrefahren viele Jahre.

Und ging Meersturm und Sonnenglut und Herbstreif und Wintereis über Halfreds halbnackten Leib hin.

Und sein Haar und Bart starrte wie eine Mähne um ihn her.

Aber nicht mehr dunkel, wie da er einst werbend in König Hartsteins Halle trat: sondern schneeweiß: in einer einzigen Nacht – der Nacht, da Thora gestorben – war sein Haar ihm weiß geworden.

XVII

Und nach manchem Jahre kam er auf seinem morschen Boot über die
See gefahren, welche die Insel Caledonia umspült, landete, ergriff seinen Hammer und schritt aufwärts gegen einen steilen Felshügel, an
welchem Ziegen und Schafe weideten.

Es war früh am Morgen, in der Zeit, da die Rosen zu blühen beginnen.
Nebel wogte auf der See und auf den Felsen.

Da sah Halfred den Schafhirten oben auf dem Felsenhang stehen,
der auf der Hirtenpfeife eine liebliche Weise blies.

Und war er anfangs zweifelhaft, ob er auch an diesen Hirtenknaben
die Götterfrage tun solle; denn wie Weiber ließ er auch Knaben unbe-
fragt: und der Hirt schien ihm fast ein Knabe zu sein.

Als er aber näher gegen ihn heraufstieg, sah er, dass der Hirt einen
Speer führte und eine Hirtenschleuder, mit welcher sie die Wölfe erlegen.

Und der Hirtenjunge glaubte, ein Räuber oder Berserker komme
gegen ihn und seine Schafe heran.

Und langte aus seiner Ledertasche einen scharfen, schweren Stein
und legte ihn auf die Schleuder.

Und holte aus mit derselben, wie zum Schwunge.

Halfred hielt die Linke über das eine Auge, das ihm geblieben und
blickte empor, mühsam, geblendet: denn eben brach die Sonne gerade
ob dem Haupte des Hirten durch das Nebelgewölk und zeigte diesem
klar die Gestalt des halbnackten Mannes mit verwildertem, wehendem
Haar und Bart, der nun, drohend den Hammer erhebend, den Hügel
hinaufstieg; auf einer Felsenplatte, unter einer großen Esche, blieb er
stehen und rief den Hirten an:

»Sind Götter, Hirtenknabe? Sagst du ja, – so musst du sterben.«

»Götter sind nicht!«, rief der Hirt mit heller Stimme zu Tal, »aber
weise Männer haben mich gelehrt: es lebt der allmächtige, dreieinige
Gott, Schöpfer Himmels und der Erde.«

Da stutzte der Mann mit dem Hammer einen Augenblick, als ob er nachsänne.

Denn solche Antwort hatte er nie erhalten.

Bald aber sprang er wieder dräuend nach oben.

Jedoch zuvorkommend schwang der Hirt seine Schleuder: sausend fuhr der scharfe Stein: es war ein scharfer, harter, dreispitziger Feuerstein: ich hatte ihn sorgsam aufbewahrt für höchste Gefahr: – und wehe, wehe mir Armen! Nur allzu gut traf er: ohne Laut stürzte Halfred, wie er stand, auf den Rücken unter dem Eschenbaum, selbst einem plötzlich gefällten Stamme vergleichbar.

In wenig Sprüngen hatte der Hirt den Liegenden erreicht, vorsichtig den Speer vorhaltend, ob nicht plötzlich der Feind wieder aufspringe, der vielleicht nur listig sich verwundet gestellt.

Als er aber näher herantrat, sah er, dass das nicht Verstellung war, sondern lautere Wahrheit.

Blut strömte über des Gestürzten rechte Wange und in der Höhle des rechten Auges stak der scharfe Schleuderstein.

Den Hirten aber, wie er in das furchtbar gewaltige Antlitz des Mannes sah, der lautlos zu seinen Füßen lag, ergriff Rührung und Grauen zugleich: er hatte nie zuvor ein so mächtiges Antlitz geschaut, so edel und so traurig zugleich.

Und ihn überkam abergläubische Furcht, ob nicht der oberste der Heidengötter, Odin, der Einäugige, der Wanderer mit dem weißen Bart, hier ihm täuschend erschienen sei.

Aber bald fühlte er noch viel mehr Rührung und Erbarmen, als der wunde Mann mit weicher Stimme begann:

»Wer du auch seist, der du diesen Wurf getan, nimm den Dank; o Hirtenknabe; eines welt- und wehe-müden Mannes! Du hast mir auch des zweiten Auges Licht genommen: ich brauche nun nicht mehr die Menschen und den Himmel zu schauen, die ich beide nicht mehr verstehe, seit lange. Und bald werde ich hinfahren, wo Fragen nicht mehr gefragt werden und Flüche nicht mehr geflucht. Habe Dank, wer du auch seist, du hast von allen Menschen – bis auf eine – das Beste getan an Halfred Hamundssohn!«

Da warf ich laut aufschreiend meinen Speer zur Seite, stürzte auf die Knie, umfasste das bleiche blutende Haupt und rief:

»O Halfred, Halfred, mein Vater, vergib, vergib mir – ich bin der Mörder – und dein Sohn!« –

Denn ihr, die ihr dereinst dieses Pergament entrollen werdet – haltet inne an dieser Stelle und schaut aufwärts zu der Sonne, wenn es Tag ist, und zu den Sternen, wenn es Nacht ist, und fragt mit Halfred: »Sind Götter?«

Denn ich, der ich diese Blätter heimlich und mit Angst nächtlicher Weile schreibe, ich bin der Hirtenknabe – Halfreds Sohn, der ihn erschlagen hat.

Und die Götter oder der Christengott haben es geschehen lassen, dass der Sohn den Vater geblendet und gemordet hat.

Ich weinte heiße Tränen auf meines lieben Vaters bleiche Stirne. Er aber wandte das Haupt, als ob er mich sehen wollte und sprach:

»Das ist hart, dass mir der Fluch so gar genau in Erfüllung geht, dass ich noch ganz erblinden muss vor dem Tode.

Gern hätte ich noch dein Angesicht in der Nähe gesehen, mein lieber Sohn.

So weiß ich nicht, ob das Goldgewoge, das ich um dein Haupt gebreitet sah, dein Haar war oder die Sonnenstrahlen.

Du schienst mir gut anzuschauen von Gestalt, mein Knabe!

Aber sage mir, wie heißest du?

Haben sie dich wirklich Lügnersohn, Neidingsohn, Harthiltsrache genannt bei der Geburt? Und wie geschah es, dass du ins Leben kamst? Ich wähnte Frau Harthilt verbrannt in dem Erbhaus.«

Und ich legte meines lieben Vaters Haupt auf meine Knie und trocknete mit den langen, gelben Haaren, die ich damals noch tragen durfte, das Blut von seiner Wange und erzählte ihm alles.

Wie meine Mutter aus der brennenden Festhalle nicht in das Ehehaus zurückgetragen werden wollte, sondern auf eines der Schiffe ihres Vaters.

Wie sie von dort, als der Kampf und der Brand Erbhaus und Schiffe bedrohte, von ihren Frauen und den Schiffsknechten auf ein Boot jenes Schiffes gebracht und auf diesem Boote aus dem Fjord gerudert wurde.

Wie sie auf dem Boote alsbald eines Knaben genas, selber aber zu sterben kam und ehe sie starb, noch die Hand auf mein Haupt legte und sprach:

»Nicht Lügnersohn, nicht Neidingsohn, nicht Harthiltsrache soll er heißen, – nein: Fridgifa Sigskaldssohn.«

»Sie behielt Recht, auch darin«, sagte Halfred, »du hast den Sigskald endlich zum Frieden verholfen.«

Und wie, nachdem sie gestorben war, der furchtbare Kampf und Brand am Gestade die Knechte und Frauen immer weiter fortscheuchte in die weite See.

Und wie das kleine Boot fast bei heftigem Weststurm sank, und alle Knechte und Frauen von den Sturzwellen hinausgespült wurden, bis auf einen Ruderer und eine der Mägde, die das Knäblein unter dem Steuergransen barg.

Und wie endlich Christenpriester, welche auf Bekehrung der Heidenleute ausgesegelt waren, die Halbverhungerten auflasen aus den Wellen und alle drei hierher brachten nach der Insel des heiligen Columban, und jene beiden und das Knäblein mit dem Taufwasser netzten.

Und wie die beiden, meine Pflegeeltern, mir alles erzählten von meinem Vater und meiner Mutter, was sie wussten, bis zu dem Brand in der Festhalle.

Und wie sie beide nicht müde wurden mir meines Vaters Herrlichkeit in Schlacht und Sang zu preisen.

Und wie die Mönche von St. Columban, als ich heranwuchs, mich lesen und schreiben lehren wollten, ich aber viel lieber mit den Jägern und Hirten des Klosters aufs Feld hinauslief und auf die Pergamentblättlein lieber Scheibenpunkte zeichnete für meine kleine Armbrust.

Und wie sie mich endlich der Bücher unfähig sprachen, als ich eine kostbare Malerei, die auf Daumenbreite in Goldgrund die ganze Passion darstellte, mit meinem kleinen Bolzen durch und durch schoss, und mich mit einer Tracht Prügel zum Schafjungen des Klosters erhoben.

Und wie ich nun seit Jahren, da meine Pflegeeltern gestorben, die Schafe des Klosters hütete und meine einzige Freude dabei der Kampf mit den Bären, den Wölfen und den Lämmeradlern war.

Oder auch auf meiner Hirtenpfeife zu blasen.

Oder auch dem Rauschen von Meer und Wald zu lauschen. Und Halfred legte mein Haupt auf seine breite Brust und umschloss es mit seinen beiden Armen und legte seine Hand auf meinen Scheitel und schwieg lange Zeit ganz still.

Und ich brachte ihm Wasser zu trinken aus der Quelle und Milch von meinen Schafen und wollte ihm den Stein aus der Wunde ziehen; aber er sagte:

»Lass nur, mein lieber Sohn, es geht zu Ende.

Aber ich fühle das Band von meinem Gehirn genommen, das seit vielen, vielen Jahren darauf drückte.

Und es wird hell und licht vor meinen Gedanken: ich kann wieder inwendig schauen wie alles gewesen ist, seit ich die Dinge draußen nicht mehr sehe.

Und ich will dir und mir selbst bevor ich sterbe noch alles deutlich und genau vorführen wie alles gewesen ist. Gib mir nochmals von deiner Schafmilch zu trinken.«

Und ich gab ihm zu trinken und er legte sein Haupt wieder auf meine Knie und hob an zu erzählen, ganz klar und hell, wie alle Dinge gewesen seit jener Sonnwendnacht.

Und aus seinem Munde habe ich alles erfahren, was ich in den früheren Blättern dieses Buches aufgeschrieben habe von jener Nacht an.

Und manches hab' ich aus seiner Erzählung auch über die früheren Zeiten vernommen, wovon meine Pflegeeltern nichts wissen konnten.

Und ich behielt alles in getreuem Gedächtnis.

Und als es gegen Abend ging, war er zu Ende mit seiner Erzählung und sprach:

»Lege mein Antlitz so, dass noch einmal die Sonne darauf scheint, ich will die liebe Herrin noch einmal fühlen.«

Und ich tat, wie er gebot.

Und er atmete tief und sprach:

»Es muss wohl Frühling sein. Ein Duft von wilden Rosen weht mir zu.«

Und ich sagte ihm, dass er unter einem blühenden Rosenbusch liege.

Und da erhob ein schwarzer Vogel aus dem Busch einen milden Gesang.

»So höre ich auch noch einmal der Amsel Abendlied!«, sprach Halfred. »Nun lebt alle wohl! Sonne und Meer, Wald und Himmelssterne, Wildrosenduft und Vogelsang und auch du, mein lieber Sohn! Hab' Dank, dass du mich erlöset hast aus Irrsinn und argem Leben.

Ich kann dir zum Dank als all' mein Erbe nur diesen Hammer lassen: wahre ihn treu.

Ob Götter sind? Ich weiß es nicht – mir ist, die Menschen werden's nie ergründen – aber ich sage dir, mein Sohn, ob Götter leben oder nicht: Hammerwurf und Harfenschlag und Sonnenschein und Weibeskuss, sie lohnen des Lebens.

Mögest du ein Weib gewinnen, das nur ein schwacher Abglanz Thoras wäre, dann Heil dir, mein Sohn.

Begrabe mich hier, wo Wald und Meer zusammenrauschen.

Lebe wohl, mein lieber Sohn! Frau Harthilts Fluch ward mir in dir zum Segen.«

Und er starb.

Die Amsel schwieg im Busch. Und als die Sonne sank, warf sie noch einen warmen, vollen Guss ihrer Strahlen auf sein gewaltiges Antlitz.

So starb des Wunsches Sohn.

XVIII

Als nun aber mein lieber Vater gestorben war, den ich selbst erschlagen hatte, weinte ich sehr, und lag die Nacht an der Seite des Toten.

Und als die Sonne wieder aufging, dachte ich nach, was ich nun
tun sollte.

Zuerst wollte ich die Herde in das Kloster treiben, das wohl sechs
Rasten entfernt lag, und den Mönchen alles erzählen und beichten,
dass ich, obzwar ohne Wissen, meinen eigenen Vater erschlagen, und
um Absolution bitten für mich und um ein christlich Grab für meinen
lieben Vater.

Aber da kam es mir, dass die Mönche den Vater nicht mit christlichen Ehren begraben würden, da er ja als Heide gestorben: und auch
mir nicht gestatten würden, ihn nach Brauch der Heidenleute zu verbrennen, da viel, was an die Heidengötter erinnert, dabei vorkömmt:
und sie würden ihn wohl ungeehrt ins Meer werfen, wie sie schon einmal mit einem Heidenmann aus Sialanda getan.

Da beschloss ich, von allem zu schweigen und meinen lieben toten
Vater den Priestern nicht zu verraten.

Und also auch den Totschlag konnte ich nun nicht beichten und
mir nicht Rates erholen über meine unschuldige Schuld.

Und war das der Anfang davon, dass ich meinen Sinn von den Mönchen und ihrem Glauben frei machte.

Und ich wusste ganz in der Nähe eine Felshöhle, welche nur mir
bekannt war: denn sie hatte ganz schmalen Eingang und ich hatte sie
nur entdeckt, weil ich einem Steinmarder nachgefolgt war, der da hin-
eingeschlüpft: da fiel die Felsplatte um, welche den Eingang verbarg
und viel Asche und Knochenreste fand ich in der geräumigen Höhle,
die gerade nach dem Meere mündete: in grauen Tagen hatten wohl
die alten Heidenschotten hier ihre Toten verbrannt; dorthin trug ich,
nicht ohne viele Mühe, meinen lieben toten Vater, und setzte ihn auf-

recht in die Höhle, das Antlitz gegen das Meer gewendet: die Wurzeln der Eichen und Eschen, die ober der Höhle rauschten, drangen durch das Gestein bis fast an sein Haupt herunter: ober ihm rauschte der Wald, vor ihm rauschte das Meer: dort habe ich meinen lieben Vater beigesetzt und die Felsplatte wieder vor den Eingang gewälzt.

Aber auch seinen Hammer, sein einzig Erbe, durft' ich nicht behalten: selbst wenn ich den Mönchen vorerzählt, ich hätte ihn gefunden oder von Seefahrern erhandelt – sie hätten mir ihn nicht gelassen: denn starke heidnische Siegrunen waren auf dem Schafte eingeritzt.

So legte ich denn auch den Hammer zur Rechten neben den Toten: »Bewahre ihn mir, lieber Vater«, sprach ich, »bis ich ihn einmal brauche: dann werde ich ihn holen.«

Von Stund an aber zog eine große Wandlung über meinen Sinn.

Was mich am meisten gefreut hatte, mit Wölfen, Bären und Lämmergeiern um meine Schafe kämpfen, das lockte mich nicht mehr.

Sondern die Frage, die meinen lieben Vater umgetrieben hatte bis zum Wahnsinn, ob Gott oder Götter sind und wie es geschehen mag, dass so Furchtbares geschieht, wie in dieser Geschichte sich begeben, von dem Gelübde auf den Bragibecher an bis zu dem Grässlichen, dass der Sohn den eigenen Vater erschlägt, – dieses Grübeln ergriff mich und ließ auch mich nicht ruhen, wie meinen lieben Vater.

Und wie mein lieber Vater ehemals zu den Sternen blickte und zu den Heidengöttern flehte um Auskunft, so blickte auch ich zu den Sternen um Erleuchtung empor, betend zu Christus und den Heiligen.

Aber auch mir blieb der Himmel stumm.

Da sagte ich zu mir: »Hier auf der Schafweide und aus dem Meerrauschen und aus dem Licht der Sterne findest du die Antwort deiner Lebtage nicht, so wenig wie dein lieber Vater.

Aber in den Büchern der Mönche, den lateinischen, und den andern mit den krausen Runenschnörkeln, liegt alle heilige und weltliche Weisheit beschlossen.

Und wenn du sie lesen kannst, wird dir alles klar werden im Himmel und auf Erden.«

Und so nahm ich Abschied von meinem lieben Vater, blies meine Schafe zusammen und trieb sie nach dem Kloster.

»Bist du unsinnig geworden, Irenäus«, sprach der Pförtner, als er mir und meiner blökenden Gefolgschaft das Tor erschloss, »dass du heimtreibst vor der Schurzeit? Sie werden dich wieder schlagen.«

»Ich war unsinnig«, rief ich entgegen, »doch nun will ich ein Buchgelehrter werden. Jetzt mag ein anderer Wölfe scheuchen: ich lerne Griechisch.«

Und so sagte ich auch dem guten Abt Aelfrik, vor den ich alsbald zur Bestrafung geführt wurde.

Dieser aber sprach:

»Leget die Ruten zur Seite! Vielleicht ist aus dem Knaben, der immer ein heidnischer, weltlicher Saulus war, plötzlich ein Paulus geworden durch Gnade des heiligen Columban: er soll seinen Willen haben. Hält er aus, so war's ein Werk des Heiligen; lässt er nach im Eifer, so war's ein Spiel des Satans und er gehe wieder aus zu seinen Schafen.«

Ich aber schwieg und sagte nichts von dem Grunde, aus dem ich lesen lernen wollte.

Und ließ nicht nach im Eifer: und lernte Latein und Griechisch und las alle Bücher, die sie im Kloster hatten, die christlichen von den Kirchenvätern, was sie *Theologiam* heißen, und viele heidnische von den alten Weltweisen, was sie *Philosophiam* nennen.

Und merkte bald, dass oft in einem Kirchenvater das Gegenteil stand von dem andern Kirchenvater.

Und dass Aristoteles auf Plato schalt und dass Cicero alles zusammenreimen wollte und nicht konnte.

Und nachdem ich in drei, vier Jahren alle Bücher durchgelesen, welche sie im Kloster hatten, und mit allen Mönchen, die im Kloster waren, nächtelang gestritten hatte, wusste ich nicht mehr von dem, was ich wissen wollte als an dem Tag, da ich meinen lieben Vater begraben hatte.

Der alte, gutmütige, dicke Abt Aelfrik aber – er war aus edlem Geschlecht und früher Kriegsmann gewesen am Hofe des Schottenkönigs und hatte mich lieb – sagte mir oft:

»Lass das Grübeln, Fridgifa« – denn er nannte mich gern bei meinem Heidennamen, wenn wir allein waren – »du musst glauben, nicht fragen. Und trink' manchmal zwischendurch gutes Ale oder Wein und sing' ein Lied auf der Harfe« – denn er hatte mich Harfe spielen gelehrt, wozu ich große Lust hatte und was er sehr liebte, und alle sagten, gleich mir spiele niemand Harfe in ganz Schottland – »und vergiss auch nicht, manchmal im Klostergarten nach der Scheibe Lanzen zu werfen: das viele Bücherlesen verwelkt den Leib.«

Und ich gedachte, dass ganz ähnlich meines lieben Vaters letzte Worte gewesen: und oft und stahl ich mich hinaus zu meines lieben Vaters Hügel, holte den Hammer heraus, übte mich im Hammerwerfen bei Sternenschein und saß dann stundenlang vor der Höhle und hörte Wind und Wald und Woge rauschen.

Und war mir jetzt oft, als ob ich mit solchem Sinnen der Wahrheit näher käme als durch alle Bücher der Christenpfaffen und Heidenphilosophen.

Und ich glaube fast, ich bleibe nicht mehr lang in dem Kloster.

Zumal seit neulich ein Skalde aus Halogaland im Kloster einsprach und erzählte von dem Leben an dem Hofe König Haralds, von seiner herrlichen Königshalle, in welcher 20 Skalden wechselnd Harfe schlagen.

Und wie die kühnsten Helden stets gern in seine Gefolgschaft treten. Und wie Jahr für Jahr dort siegreiche Heerfahrt gehalten wird.

Und von Gunnlödh, seiner wunderschönen, goldgelockten Tochter, welche dem tapfersten Helden und dem besten Skalden das Goldhorn zutrinkt. – –

Seitdem steht mein Sinn nicht mehr auf Psalmensingen und Vigilien.

Aber freilich, leicht werden sie mich nicht aus dem Kloster lassen.

Denn weil ich gut Latein und Griechisch schreiben kann, lässt mich Aaron, der neue Abt, der Wälsche, welcher dem wackern friedliebenden Aelfrik nachgefolgt ist, unablässig Handschriften abschreiben, welche sie dann teuer verkaufen nach Britannien und bis nach Germanien hinein.

Und Aaron ist mir scharf auf der Spur, weil ich ihm nicht den rechten christlichen Eifer zu haben scheine.

Und wüsste er, dass ich auf diese Pergamentblätter, auf welche ich zum siebenzehnten Male die Schrift von Lactantius: »*de mortibus persecutorum*« abschreiben soll, nächtlicher Weile die Geschichte meines lieben Vaters aufgeschrieben habe, – es ginge nicht ab ohne viele Tage Fasten und einige Schock Bußpsalmen.

Neulich drohte er mir gar, »einen« geißeln zu lassen, der abermals zu spät zur Hora käme.

Das war aber ich: denn ich hatte gerade den Kampf auf dem Singschwan zu schreiben begonnen und konnte mich nicht gleich davon losmachen, als das Horaglöcklein rief.

Aber ehe Halfred des Sigskalds Sohn Geißelschläge auf dem Rücken duldet, eher schlage ich Aaron tot und alle seine wälschen Mönche.

Aber zum Totschlagen brauche ich andres Ding als diesen Schreibgriffel. –

– – – So weit hatte ich geschrieben bis Karfreitag.

Lange kam ich nicht mehr dazu, weiter zu schreiben. Denn es wird Aarons und seines Anhangs – es sind viele seiner wälschen Landsleute mit ihm aus Rumaburg gekommen: – Hass und Neid und Misstrauen immer größer: er hat mir verboten, des Nachts zu schreiben.

Nur bei Tage und in der Bücherei, nicht mehr in meiner Zelle, soll ich schreiben und die Abschrift des Lactantius auf dem dazu bestimmten Pergament ihm zum Pfingstfest abliefern bei Strafe von sieben Tagen Fasten.

Mein Ingrimm wächst gegen diesen Pfaffenzwang.

Nur selten und verstohlen komme ich noch zu diesen Blättern. Auch zu meines lieben Vaters Hügel kann ich nur noch sehr schwer gelangen: sie spüren meinen einsamen Wanderungen nach.

Es kommt wohl bald zu offnem Streit. Ich schaffe mir auf alle Fälle sicher Gewaffen.

– – – Mit Mühe habe ich gestern Abend im Ärmel meiner Kutte meines lieben Vaters Hammer in das Kloster gebracht. Im äußern Klosterhof habe ich ihn verborgen: wo aber, das vertraue ich nicht einmal diesen Blättern. Ich sinne viel nach über die Frage meines lieben Vaters und ich glaube, bald finde ich das Rechte.

– – – Drei Tage konnte ich gar nicht schreiben. Der Skalde vom Hofe König Haralds war wieder zu Gast im Kloster.

Er musste mir alles erzählen von dem Leben an jenem Hofe. Es ist ganz wie zu meines lieben Vaters Tagen. Freilich sind König Harald und alle seine Hofleute Heiden und ihre Heerfahrten gehen meist gegen die christlichen Könige und Bischöfe. Aber das macht meinen Sinn nicht wanken, der fest entschlossen ist. Er erzählte mir viel von Gunnlödh.

In 20 Nächten fährt ein Schiff König Haralds wieder in den Hafen von – –

– – Ich weiß jetzt Antwort auf Halfreds Fragen.

Heidengötter sind nicht.

Aber der Christengott ist auch nicht, der, allmächtig, allgütig, allwissend, den Vater durch den Sohn erschlagen ließe.

Vielmehr geschieht auf Erden nur, was notwendig ist: und was die Menschen tun und lassen, das müssen sie so tun und lassen: wie der Nordwind Kälte bringen muss, der Südwind Wärme: und wie der geworfene Stein zur Erde fallen muss – warum muss er fallen? Niemand weiß es, aber er muss. Und er glaubt vielleicht, er fliege frei. –

Der Mann aber soll nicht seufzen, grübeln und verzagen, sondern sich freuen an Hammerwurf und Harfenschlag, an Sonnenschein und Griechenwein und an Frauenschöne.

Denn das ist eine Lüge, dass es Sünde sei, ein schönes Weib zu begehren.

Sonst müssten die Menschen aussterben, wenn alle so fromm wären, kein Weib mehr zu begehren.

Und die Toten sind tot und nicht mehr lebendig!

Sonst wäre der Schatte meines lieben Vaters längst mir erschienen auf mein inständiges Anrufen.

An was allein aber der Mann glauben soll, – das werde ich später noch sagen.

Ohne Furcht soll er leben und ohne Wunsch soll er sterben.

In diesem Kloster aber bleibe ich nicht länger mehr, als –

XIX

– – – So weit hatte er geschrieben, der gottverlassene Bruder Irenäus, – da brach das Strafgericht des Himmels über ihn herein.

Ich, Aaron von Perusia, durch Gottes Gnade berufen, diese Läm-
mer des heiligen Columban zu weiden, ward auch der Gnade gewür-
digt, das räudige Schaf aus der Herde zu treiben.

Längst war ich auf der Spur: ihm und seinem weltlichen, heidnischen, sündhaften, gottlosen, ja gottesleugnerischen Treiben; er
hatte das richtig geahnt im schuldbewussten Gewissen: auf Schritt
und Tritt ließ ich ihn bewachen von gotteseifrigen Brüdern aus Italia, ohne dass er es merkte: dem frömmsten von ihnen, dem Bruder Ignatius von Spoletum, gelang es, sein Vertrauen zu gewinnen –
denn tölpisch arglos sind sie, diese Barbaren – dadurch, dass er sich
öfter Harfe von ihm vorspielen ließ. Diesen bat er einmal um neues
Pulver zur Tinte aus seinem Vorrat, da er die eigne zugeteilte Dosis
verschrieben habe und von »dem Haupt der Pharisäer« – so nannte
der Freche seinen Abt und Oberhirten – könne er nicht neues
Atrament verlangen, ohne abzuliefern, was er mit dem alten Vorrat
geschrieben.

Bruder Ignatius sagte sofort das alles, frommer Pflicht gemäß, mir,
seinem Abt; das Tintenpulver aber gab er ihm doch: mit der Klugheit
der Schlange, die da Gott wohl gefällt an seinen Priestern.

Bald darauf ging der Sünder wieder aus auf eine seiner geheimnis-
vollen Wanderungen, die er immer machte, nächtelang fortbleibend,
wenn ihn ein Auftrag aus dem Kloster zu entkommen gestattete. Ich
verwehrte ihm den Ausgang nicht: denn am leichtesten hoffte ich auf
einem dieser Schleichwege sein geheimes Treiben zu entdecken. Ich
schickte ihm jedes Mal Späher nach: aber jedes Mal verschwand er
plötzlich den fernher vorsichtig Folgenden ganz rätselhaft mitten in
den Waldfelsen des Strandes.

Ich selbst entsendete ihn dieses Mal: und sowie er aus dem Klosterhofe getreten, durchsuchte ich sofort seine ganze Zelle aufs Genaueste.

Da fand ich endlich, nach großer Mühe, diese gottlosen Blätter, in seiner verfluchten zierlichen Handschrift, ganz klein geschrieben, zwischen zwei Steinplatten des Fußbodens in einer Ritze listig versteckt.

Ich nahm das Teufelswerk mit mir und las und las mit steigendem Entsetzen: so viel Sünde, so viel Weltlust, so viel heidnische Freude an Kampf und Gesang und Trunk und Fleischesliebe, so viel endlich des Zweifels, des Unglaubens, der nackten Gottesleugnung war unter dem Dach des heiligen Columban, war unter meinem Hirtenstab aufgezeichnet und aufgewachsen!

Grauen ergriff mich und heiliger Zorneseifer.

Sofort berief ich heimlich die Brüder aus Italia zum engern Rath und zum Gericht; ich wies ihnen die ärgsten Giftbeulen in dem Geschreibsel, welches ja aller sieben Todsünden voll war, und das einstimmig gefällte Urteil lautete: erst 300 Geißelhiebe, dann Einmauerung in der Strafzelle bei Essig, Wasser und Brot bis zu reuiger Zerknirschung und völliger Sinnesbesserung.

Ungeduldig erwarteten wir die Rückkehr des armen Sünders.

Mit dem Vesperläuten trat er in die Pforte des Klosterhofes.

Sofort stellte ich mich selbst vor die Tür, warf den Stangenriegel vor und rief die Brüder aus Italia herzu – die Mehrzahl, die Angelsachsen, welche dem Ruchlosen hold waren wegen seines sündhaften Harfenspiels und lau im Eifer des Herrn, hatte ich vorher im Refektorium versammelt und eingeschlossen, bis der Frevler gebunden wäre.

Eilig erschienen sie und etliche bewaffnete Klosterknechte hinter ihnen: da hielt ich dem Elenden statt aller Anklage nur diese Blätter entgegen und verkündete ihm das gefällte Urteil.

Doch, ehe wir's uns versahen, sprang der Gottverhasste blitzschnell nach der Zisterne im Klosterhof und holte aus dem innern Gestein einen furchtbaren, schrecklichen Hammer hervor.

»Hilf heut, lieber Hammer Halfreds, seinem Sohne!«, so rief er mit dröhnender Stimme.

Und das Nächste war, dass mir zu Sinne ward, als fiele der Himmel auf mein Haupt und meinen Hals: ich stürzte zu Boden. Spät erwachte ich wieder: da lag ich zu Bett, ein aufgegebener Mann, und die Brüder aus Italia wehklagten an meinem Lager und erzählten, der grimme Simson habe mit einem zweiten Streich den Riegel am Tor zerschmettert, die Pforte aufgerissen und das Freie gewonnen. Wohl folgten ihm die Klosterknechte und von den Brüdern etliche, geführt von dem Bruder Ignatius: als aber der Flüchtling sich plötzlich wandte und die eifrigsten der Verfolger, einen der Knechte, der ihn greifen wollte, mit dem furchtbaren Hammer tötete und den Bruder Ignatius mit einer schwern Wunde niederstreckte, da ließen die anderen von ihm. Alsbald verschwand er wieder wie immer in Fels und Wald.

Niemals haben wir ihn wiedergesehen, obzwar ich noch am Tag meines Erwachens alles ringsum genau nach ihm absuchen ließ am Strande: die Felshöhle, von der diese verfluchten Blätter sprechen, vermochten wir nicht zu finden: ich hatte die Knochen des alten heidnischen Mörders in die See werfen lassen: vermutlich barg sich dort der Sohn, bis er auf einem Schiff die Insel verlassen konnte. Ich aber habe von seinem Hammerschlag, der mir auf einer Seite Schulter und Schlüsselbein zerschmetterte, für meine Lebtage eine hässliche Krummhalsigkeit davongetragen, welche äbtlicher Würde schweren Eintrag tut.

Dieses sündhafte Buch aller Gräuel aber schickte ich nach Rom an den heiligen Bischof mit der Anfrage, ob wir es verbrennen sollten oder noch aufbewahren zur Verfolgung der Spuren und Überführung des entsprungenen Mönches, wenn wir seiner wieder habhaft würden.

Lange, lange Zeit kam kein Bescheid.

Aber nach vielen, vielen Jahren kam das Buch zurück aus Rom mit der Weisung, es aufzubewahren – nur die gotteslästerlichsten Stellen darin waren getilgt – und zum warnenden Exempel für andere solle der Abt Sankt Columbans aus einem mitgesendeten Briefe des Erzbischofs Adaldag von Hamburg auf diesen Blättern beifügen, welch grässliches Ende nach einem sündhaften Leben höchster irdischer Lust (welche er, des dürfen wir uns getrösten, ohne Zweifel in der Hölle mit ewigen Qualen zu büßen haben wird) dieser Abtrünnige durch das Strafgericht Gottes gefunden hat.

Nach dem Briefe des Erzbischofs leidet es nämlich keinen Zweifel, dass unser entsprungener Bruder Irenäus niemand anders ist, als der

89

an allen Höfen des Nordlands viele Jahre als Krieger und als Harfensänger hochgefeierte, mit allem Erdenruhm und Erdenglück gekrönte Jarl Sigurd Halfredson, der am Hofe König Haralds von Halogaland plötzlich – man wusste nicht, von wannen er gekommen – mit einem Skalden des Königs auftauchte und sich durch Hammerwurf und Harfenschlag bald solchen Ruhm gewann, dass ihm König Harald drei Burgen, den Heerbefehl über alle seine Krieger und seine Tochter Gunnlödh zur Ehe gab.

Es war aber König Harald der grimmigste Christenhasser und der ärgste Widersacher der Ausbreitung des Evangeliums im Nordland.

Und Jahre lang führte Jarl Sigurd die Scharen König Haralds und immer führte er sie zum Sieg.

Der Herr prüfte damals die Seinen durch schwere Heimsuchung: er hatte sein Antlitz von ihnen gewandt und mochten die Vasallen der Bischöfe und die christgläubigen Nordlandsfürsten nicht zu bestehen vor Jarl Sigurd und seinem gefürchteten Hammer.

Das Ende aber dieses Blutmenschen war grässlich: und deshalb wird es, wie der heilige Vater befohlen, aus dem Briefe des Erzbischofs hier aufgezeichnet als furchtbare Warnung für alle, welche dieses lesen.

Als er nämlich abermals in einer großen Schlacht die Bischofsritter geschlagen hatte, traf ihn, da er in sündhafter Freude auf der Verfolgung »Sieg! Sieg!« jauchzte, ein Pfeil tödlich in die Brust.

König Harald ließ an die rechte Seite des Sterbelagers seine Heidenpriester und die Skalden treten, die ihm von Walhalla tröstend singen sollten.

Der Wunde winkte sie hinweg mit der Hand.

Da traten an die andere Seite des Sterbenden drei Christenpriester, die in der Schlacht gefangen worden, und wollten ihm das heilige letzte Sakrament reichen, wenn er den Herrn bekenne.

Unwillig stieß sie der Gottlose mit dem Arme von sich: und als König Harald ihn staunend fragte, an wen er denn glaube, wenn nicht an die Asen und nicht an den weißen Christus? – da lachte er und sprach: »Ich glaube an mich selbst und meine Stärke. Küsse mich noch einmal, Gunnlödh, und reiche mir Griechenwein in goldenem Becher.«

Und küsste sie und trank und sprach:

»Schön ist's, im Siege sterben«, und starb.

Und blieb er aber von Heidenpriestern und Christen ungeehrt und unbestattet, da er sie beide noch im Tode trotzig abgewiesen.

So ist es denn gewiss und gereicht allen zur Warnung, uns aber zu gerechtem Trost, dass die gottverfluchte Seele dieses ruchlosesten aller Sünder von Ewigkeit zu Ewigkeit in der Hölle brennen muss. Amen.

Printed in Great Britain
by Amazon

23345818R00057